DEUX FOIS PLUS ANIMÂLE

AGENCE DE RENCONTRES PARANORMALES TOME 1

PAR L'AUTEUR A SUCCES DU NEW YORK TIMES ET DE USA TODAY

MILLY TAIDEN

Traduction française ISABELLE WÜRTH

Publié par

Latin Goddess press

New York, NY 10456

http://millytaiden.com

TWICE THE GROWL

Traduction française Isabelle Würth

A mes lecteurs

Vous aimez mes héroïnes aux formes sensuelles. Vous aimez mes mâles alpha qui grognent. Vous appréciez les sarcasmes et l'humour.

Et je vous aime tous pour ça !

DEUX FOIS PLUS ANIMÂLE

Une BBW (*Big Beautiful Woman*) qui a besoin d'un rendez-vous + deux mâles alpha sexy à la recherche d'une compagne = la triade la plus chaude de tous les temps.

Talia Barca a besoin d'un rencart. Terriblement. Elle utilise les services d'une agence de rencontres paranormales dans l'espoir de trouver un gars correct pour l'accompagner à un mariage dans sa famille. Un mariage où son ex-mari sera aussi invité.

Connor et Theron veulent que Tally complète leur triade Alpha. Elle est sexy, avec des formes, et drôle. Mais elle est humaine. Et ils ne sont pas sûrs qu'elle sera partante pour une relation avec deux hommes en même temps.

Comme si décider de se mettre avec deux hommes n'était pas assez difficile, Tally devra également faire face à une menace venant de la meute. Elle devra soit prouver qu'elle est assez forte pour être une compagne Alpha, soit se retrouver à la merci d'un adversaire violent.

Avertissement aux lecteurs : Ce livre contient beaucoup de sexe torride (y compris un plan à trois si chaud qu'il fera grésiller votre tablette), un langage pour adultes (les parties de jambes en l'air sans mots cochons, ça n'est pas amusant) et de la violence. Si ce n'est pas le genre de choses que vous aimez lire, passez votre chemin. Cependant, si vous aimez les séances coquines et torrides avec un peu de sarcasme, mettant en scène deux hommes super canon avec une fille bien roulée, alors ça vous plaira. Amusez-vous bien !

UN

Talia Barca regardait pensivement sa boisson. Comment pourrait-elle survivre la prochaine fois qu'elle verrait son ex-mari ? Cette face de rat.

- Alors qu'est-ce que tu vas faire ? demanda sa cousine, Nita Islas.

La petite question fit son chemin à travers la mélancolie de Tally.

- Je ne sais pas, marmonna-t-elle en portant son Amaretto amer à ses lèvres.

Elle agrippa fermement le verre froid, pour que le tremblement de sa main ne le fasse pas tomber. Stupides nerfs. Il n'y avait pas vraiment de raison d'être nerveuse et pourtant elle l'était. Qu'est-ce que ça faisait qu'elle n'ait pas vu son ex depuis des années ? Toute sa famille avait été invitée au futur mariage de sa cousine, un mariage auquel il assisterait également. Cela n'avait pas d'importance. D'accord, ça voulait dire qu'elle devait revoir sa gueule d'idiot. Pour empirer les choses, si elle n'y allait pas, elle aurait l'air de ne pas être passée à autre chose. C'était stupide dans la mesure où c'était elle qui avait demandé le divorce.

- Arrête de penser si fort, chérie. Nita haussa les épaules. Son haut noir à col large pendait sur le côté et laissait voir une bretelle de soutien-gorge scintillante sur une peau dorée. Je pense que toute notre famille devrait savoir à ce stade, qu'il s'est comporté comme un pourri avec toi.

- Tu sais déjà qu'ils pensent que c'était juste une histoire de mauvaise communication entre nous. Le pire truc c'est qu'il a été génial avec la plupart d'entre eux. C'est pour ça qu'ils ne l'ont jamais vraiment écarté de leurs cercles.

Elle avala une gorgée de sa boisson, vidant ce qui restait du verre.

- Si mes parents ne voyageaient pas la plupart du temps, ils te soutiendraient aussi. Ça n'est pas juste, si tu veux mon avis. C'est vrai quoi, ce gars a vraiment été un gros con avec toi.

Un gros con avec une petite bite. C'est comme ça qu'elle l'avait appelé à partir du moment où elle avait renoncé à ce que cette histoire merdique marche entre eux. Elle soupira. Une semaine entière près de Paul lors des festivités de mariage n'était pas ce qu'elle attendait avec impatience. Il avait un complexe de supériorité de la taille du Texas. Cela n'avait aucun sens car il n'avait ni le corps ni l'équipement pour le mériter. Rien dont on pourrait être fier. C'était un connard de première.

- Je trouverai un truc, soupira Tally.

Elle ferait mieux de trouver quelque chose le plus tôt possible ou bien elle devrait refuser de venir au mariage et ça aurait l'air encore pire. Elle n'avait pas l'habitude d'éviter les emmerdes mais Paul était l'une de ces personnes dont la simple pensée lui donnait mal à la tête.

Nita cogna son verre sur la table avec un bruit sourd.

- Et Mme Wilder [1]?

- Gerri ? Ma voisine ?

- Oui ! Nita se pencha en avant. - Elle ne t'a pas dit en sortant ce soir qu'elle gérait son entreprise à domicile ? Les yeux bruns de Nita s'élargirent d'excitation. Si je me souviens bien, elle a dit que c'était une agence matrimoniale ou un site de rencontres ou quelque chose comme ça.

Tally fronça les sourcils et repoussa une longue

[1] Wilder : plus sauvage.

boucle noire derrière son oreille, en essayant de se souvenir de la conversation. Mme Wilder était une voisine d'âge mûr de l'autre côté du couloir et elle était très drôle. Elles étaient les seules sur le même palier et donc Tally rendait visite assez souvent à cette femme. C'était plutôt dans le but de ne pas se sentir seule que parce que Mme Wilder était vieille. Tally ne s'entendait pas vraiment avec sa famille à cause de ce connard de Paul. Maintenant, elle passait ses journées soit avec Nita soit Mme Wilder. Sa voisine âgée avait toujours une tonne de visiteurs masculins. Elle venait d'une famille nombreuse et elle avait mentionné que certains de ses petits-fils emménageraient dans le bâtiment dans les prochaines semaines.

- Elle a dit quelque chose comme ça, dit Tally songeuse.

- Eh bien, voilà ! Nita tendit son verre vide à la serveuse, en attrapa un nouveau et le porta à ses lèvres. Problème résolu.

Peut-être. Ou peut-être qu'elle serait dans une merde plus grande si elle permettait à cette femme mûre de jouer avec sa vie personnelle. Quand il s'agissait d'hommes, Tally avait une chance de merde. Elle jeta un coup d'œil dans le bar qui se trouvait à quelques rues de son immeuble. La foule était plus jeune que ce qu'elle aimait, mais dans une ville universitaire on ne pouvait que s'y attendre. À trente-deux ans, elle avait commencé à se sentir comme une vieille dame désespérée entourée de jeunes hommes sexy. Elle ne voyait pas comment sa vie personnelle pourrait s'améliorer.

- Tu devrais rencontrer plus d'hommes, dit Nita, comme si elle lisait dans ses pensées.

- Je suis trop vieille pour sortir avec des mecs, grommela Tally, mais elle sourit à la serveuse qui lui apportait une autre boisson. Je suis sur le point d'acheter à tout moment mon kit de départ pour dame seule avec chat. C'est trop épuisant les hommes.

Nita éclata de rire.

- Tu es folle. Tu es magnifique ! Qu'est-ce qu'il te prend de dire que tu es trop vieille ? Trente ans, c'est jeune !

- Trente-deux.

Nita leva les yeux au ciel.

- C'est pas quatre-vingt-dix quand même.

- On dirait pourtant, murmura-t-elle, la boisson à ses lèvres. Elle fit la grimace tellement c'était fort. Apparemment, la serveuse sentait qu'elle avait besoin d'un peu plus que sa dose habituelle d'alcool. Nita devait avoir raison. Elle avait besoin d'un putain de miracle.

- Il faut juste que tu cesses de sortir avec les mauvais hommes, déclara Nita d'un ton neutre.

Elle jeta un regard noir à Nita.

- Je pensais que c'était ce que je faisais déjà. Tu vois, je travaille dans un foutu bureau d'avocat. Je ne sors jamais avec aucun de ces connards. Mais pourquoi, quand je rencontre un homme qui semble correct et gentil, il s'avère être une espèce de salaud doublé d'une tête de nœud ?

Nita arqua les sourcils.

- Porter un tailleur au travail ne signifie pas qu'on ne doit jamais le quitter. Lâche-toi, ma grande ! Elle expira bruyamment et pointa un ongle rouge sur Tally. Il faut que tu te fasses baiser correctement.

- Chut ! Elle jeta un coup d'œil dans le bar. Deux ou trois jeunes gens leur firent des clins d'œil. Des flammes d'embarras lui empourprèrent les joues. Tu vas nous faire virer d'ici.

Nita rigola.

- Ce que j'aimerais bien, c'est que qu'on te branche sur quelqu'un.

- Je me contenterai d'un simple rencart.

Nita secoua la tête.

- Non. Il faut prendre des mesures drastiques, là. Tu as besoin de te faire sauter.

- Nita ! dit-elle estomaquée en se couvrant le côté du

visage avec la main. Tais-toi ! Tu me fais passer pour une cougar désespérée.

- Ooh, allez, Tally. Je déteste que tu doives t'inquiéter de trouver un cavalier pour un événement familial. Tu es une femme merveilleuse. Tu ne devrais pas te stresser pour un truc pareil. Tu devrais chasser les hommes à coups de pied chaque soir devant ta porte.

C'est ça. Parce que c'était une excitée de première ? Non, pas du tout. Avec ses lunettes à montures noires, ses cheveux indisciplinés et bouclés, plus ronde que la plupart des femmes avec des formes, et une personnalité un peu chiante, elle ne se voyait pas vraiment comme une femme fatale.

- Je pense que tu as trop bu. Tally sourit et tapota la main de Nita. Je vais trouver quelque chose. Je pourrais demander de l'aide à Mme Wilder. Qui sait ? Peut-être qu'elle peut réussir là où j'ai échoué.

- J'aime bien Mme Wilder. Je me fous qu'elle pourrait probablement me découper en petits morceaux, même à son âge. Nita pinça le nez. Elle fit tournoyer la petite paille dans son verre. C'est une bonne chose qu'elle t'aime, et par conséquent moi par défaut, parce que j'ai entendu des trucs de fou à propos de ces métamorphes.[2]

---

[2] Métamorphes : Qualifie un être vivant ayant la capacité de prendre la forme d'un animal (ex : loup-garou).

Tally savait que Mme Wilder n'était pas une grand-mère ordinaire mais elle était tellement adorable. Et c'était quelqu'un avec qui elle pouvait partager sa dépendance aux gâteaux. À tour de rôle, elles faisaient cuire des choses différentes et se les partageaient. C'est ce qui comblait les envies de chocolat de Tally et lui faisait garder ses formes bien trop généreuses.

- Ouais. Tally prit une gorgée de sa boisson. Qui aurait pensé que je deviendrais si bonne amie avec une mamie de métamorphes.

Nita sourit.

- Pourquoi pas toi ? Elle est un peu chiante, comme toi.

- Ah, ben merci, dit-elle sèchement.

- C'est un compliment. Je suis si fatiguée par toutes ces femmes pétillantes qui sont fausses et n'avouent pas ce qu'elles ressentent. Tu te sens chiante ? Sois chiante. Nita prit son verre et désigna Tally. Ce monde est trop rempli de gens faux. Tu n'essayes pas d'être la copie de quelqu'un, Tally. C'est pour ça que je t'aime. Tu seras toujours l'originale.

Tally sourit. Trinqua avec Nita et sirota sa boisson.

- Merci. Jusqu'ici, cela n'a vraiment rien apporté de bon dans ma vie.

- Ça le fera, l'assura Nita. Va rendre visite à Mme

Wilder et pour une fois, dis-lui que tu as besoin d'aide. Ce n'est pas la fin du monde d'admettre avoir besoin d'un homme.

Tally rigola.

- Je n'ai pas besoin d'un homme. Pas vraiment. J'ai besoin que quelqu'un soit mon cavalier pour la semaine de l'enfer.

Nita haussa les épaules et fit signe à la serveuse qu'elle voulait l'addition.

- Peut-être que Mme Wilder te branchera sur quelqu'un. Oh mon Dieu ! dit-elle le souffle coupé. Et si elle te branchait avec un de ces métamorphes canons qui lui rendent tout le temps visite ?

- Alors là on pourrait faire la fête. Tally rigola. Ils sont si sexy. Elle m'a dit qu'elle avait de tout. Des ours, des loups, des félins.

- Waouh ! Nita soupira. Des ours et des félins. J'avais un meilleur ami avant qui était un ours.

- Ah oui ? Quand, ça ?

Nita pinça les lèvres.

- Quand nous habitions près des montagnes pour le travail de papa au département de la pêche et de la nature.

- Est-ce que c'était avant que vous ne reveniez tous

ici ?

Nita acquiesça.

- Ouais. On était en première ensemble, au lycée. Il était si mignon avec ses lunettes et son visage presque trop innocent. Je lui racontais tout.

- Qu'est-il arrivé ?

- Ma famille est revenue ici. J'ai adoré revenir après toutes ces années sur la route, mais j'ai dû laisser tomber mon copain ours. On s'est perdus de vue, dit Nita doucement.

Tally sortit une des nombreuses cartes de visites que Mme Wilder lui avait fourrées régulièrement dans la main.

- Tiens. Pourquoi ne t'inscris-tu pas pour voir ce qu'elle peut te trouver ?

Nita regarda la carte de visite avec admiration.

- Tu penses vraiment qu'elle peut me brancher avec un de ses métamorphes ?

- Regarde bien les petits caractères. Elle me l'a fait lire plus d'une fois. Elle te mettra en relation avec tous ceux qu'elle jugera être l'homme qu'il te faut. Elle lut les mots minuscules au dos de la carte et ajusta ses lunettes. Donc, tu es à peu près sûre de trouver un homme. Je n'en ai pas encore vu de moche.

- Tu dois le faire aussi, Tally. Nita cligna de grands yeux excités. J'ai besoin de savoir ce qu'elle fait. Tu as besoin d'un cavalier. C'est vraiment la solution parfaite.

Tally soupira.

- Au moins, tu ne me suggères pas ces autres sites qui vous trouvent le mec « parfait ».

Nita cligna des yeux une fois. Deux fois. Puis éclata de rire.

- Je suis désolée. Ce n'est pas drôle quand on pense à ta dernière expérience.

Tally serra les dents. Elle détestait que sa mère, surtout elle, lui ait payé une adhésion à un site de rencontres qui promettait de trouver votre âme sœur. On aurait dit que chaque homme qu'ils lui avaient envoyé avait été rejeté par toutes les autres femmes. Ça n'était pas possible que son âme sœur soit vraiment un homme de quarante-cinq ans avec sept enfants, qui vive avec sa mère, qui n'ait plus de dents et travaille au maximum dix heures par semaine. Pas question.

* * *

Tally flânait en direction de son immeuble. Son esprit n'avait pas dévié de son dilemme. Trouver un cavalier pour ce mariage familial afin qu'elle ne ressemble pas à une ratée complète devant son ex. C'est ce qu'elle en pensait. Pourquoi s'en souciait-elle autant cette fois ? Elle ne savait pas. C'était peut-être parce qu'elle avait été rejetée par tout le monde sauf sa grand-mère et Nita. Elle avait été la seule à être éliminée des réceptions alors que Paul, le trou du cul, avait été reçu à bras ouverts. Elle voulait trouver un moyen de leur montrer qu'elle allait bien. Non, elle voulait leur montrer qu'elle allait super bien. Puéril ? Absolument, mais elle s'en fichait.

Son immeuble au centre-ville était très vieux. Il semblait construit depuis les années vingt. Cependant, il était bien entretenu, avec un portier qui avait un sourire très lisse et beaucoup trop de dents.

- Bonsoir, Madame Barca, dit Tom, le portier. Elle se força à faire un sourire pour le saluer, son esprit continuant à passer sa famille énervante en revue.

Il renifla. C'était une chose commune chez les métamorphes, le reniflement. Elle n'était pas dérangée par ça. Trop souvent, c'était lui qui lui avait fait remarquer que son nouveau parfum ne lui allait pas. Alors, elle était plutôt contente de ne pas y prêter attention.

- Bonsoir, Tom. Passez une bonne nuit.

Elle fouilla dans son sac à main à la recherche de ses clés. Les portes de l'ascenseur s'ouvrirent devant elle. Elle détestait attendre, alors elle se précipita pour entrer avant qu'elles ne se referment.

Une fois à l'intérieur, elle appuya sur le bouton de

l'étage supérieur où elle et Mme Wilder vivaient. Les portes étaient sur le point de se fermer lorsqu'une main sortie de nulle part les arrêta.

- Nous l'avons presque manqué, dit une voix profonde et sourde. La voix appartenait à une sorte de grand arbre volumineux aux cheveux mi long, portant un tee-shirt noir, un jean déchiré et un blouson de moto. Sacrément sexy !

- Désolé, dit l'homme derrière lui.

Sainte Marie des Culottes Mouillées ! Si le premier type, avec son grand corps et ses regards durs et sauvages l'avaient obligée à le fixer, celui-ci la rendait muette. Presque aussi grand que le premier, ce qui signifiait qu'ils mesuraient tous les deux trente centimètres de plus que son 1,60 m, cet homme semblait tout droit sorti du magazine GQ. Il arborait une chemise blanche dont les manches étaient retroussées pour montrer ses avant-bras, un pantalon noir et un sourire à fossettes qui faisaient étinceler ses yeux bleus.

- C'est... pas grave, marmonna-t-elle.

Elle oublia tout ce qu'il y avait dans l'ascenseur et essaya de se concentrer sur sa respiration. La cabine était assez grande quand elle était seule, mais avec ces deux montagnes d'hommes, elle faisait minuscule. Bon sang, elle pouvait sentir la chaleur de leur corps se refermer sur elle. Et c'était si bon.

Les portes se fermèrent. Aucun des hommes n'appuya sur un bouton. Elle essaya de ne pas les reluquer, mais c'était dur alors que l'intérieur de l'ascenseur était couvert de miroirs et que tout ce qu'elle voyait, c'était les deux hommes magnifiques partout où elle posait le regard.

Elle jeta un coup d'œil au corps du motard, de son jean déchiré aux genoux jusqu'au renflement à son entrejambe. Merde. C'était un gros renflement. Elle fit glisser son regard vers sa poitrine et les tatouages qui rampaient autour de son cou, jusqu'à ses lèvres, lesdites lèvres actuellement recourbées en un sourire sexy. Quand elle arriva aux yeux, elle faillit se liquéfier. Ils venaient de prendre une couleur dorée brillante.

- Salut, je suis Theron.

Je dois être en train de rêver. Elle déglutit.

- Je suis Tally.

Son attention se déplaça vers le grand blond sexy. Un doux grognement sortit de sa poitrine. Elle cligna des yeux derrière ses lunettes. Waouh. Puis ça la frappa. C'étaient des métamorphes. Ces deux hommes dans l'ascenseur étaient aussi super dangereux. Elle s'éclaircit la gorge, sans détacher le regard d'une paire d'yeux bleus.

- Je suis Connor.

Je suis définitivement dans le pétrin. Elle inspira

brusquement.

- Salut.

Elle détestait le fait d'avoir couiné le mot, mais être si proche de ces deux-là la faisait se sentir minuscule. Même avec ses hanches larges et son cul imposant, elle ne se sentait pas comme une femme très ronde. Au lieu de cela elle se sentait… petite, délicate et… qu'est-ce qui lui prenait, bon Dieu ?

L'ascenseur fit un *cling* en arrivant à son étage. Elle se sauva. Pas une seule fois, elle ne regarda en arrière. Des langues de feu enflammaient ses joues. Si ces gars avaient la moindre idée des trucs très indécents sur lesquels elle venait de fantasmer avec eux, ils arrêteraient probablement de faire ces sourires sexy. Où cela allait-elle la mener ? Elle n'avait jamais imaginé sexuellement deux hommes à la fois... jamais ! Maintenant, elle était prête à sauter dans les bras d'un motard et d'un homme d'affaires et à les supplier de lui faire tout ce qui était imaginable. Elle ouvrit la porte de son appartement et s'enferma. Sécurité. Sa fuite précipitée lui avait probablement donné l'air d'une imbécile effrayée, mais elle s'en fichait vraiment. Si elle passait plus de temps avec ces deux-là, elle pourrait laisser quelque chose d'inapproprié sortir de sa bouche. Nita avait raison. Elle avait vraiment besoin de se faire sauter. *Pronto.*

DEUX

Theron sourit à Connor. Ils regardèrent la petite femme très ronde presque trébucher sur ses talons en essayant de s'éloigner à l'autre bout de l'étage où vivait leur tante Geraldine. L'odeur de son excitation suivait la femme dans le couloir. Elle était agitée mais, bon sang qu'elle était mignonne. Avec ses beaux yeux marron, agrandis derrière les lunettes à monture noire, sa masse de longs cheveux bouclés et sauvages et ces lèvres pulpeuses et boudeuses attirant l'attention, elle était bien plus que belle.

Ensuite, il y avait les rondeurs. Dans cette robe noire, elle avait caché ce qu'on pouvait clairement imaginer être un corps magnifique. Large au niveau des hanches et étroit à la taille, il attirait l'attention. Ses gros seins et son cul rond faisaient dresser leur sexe au garde à vous. Connor se lécha les lèvres, savourant le goût persistant du désir qui émanait d'elle.

- Je la veux, grogna-t-il doucement.

Theron hocha la tête, ressentant le même besoin pour la minuscule femme sexy.

- Moi aussi. On peut toujours rêver.

Theron ne prit pas la peine de frapper. Il entendit les pas de sa tante se rapprocher d'eux. Quelques instants plus tard, la porte s'ouvrit sur sa personne préférée. Un mètre cinquante et un sacré numéro, Geraldine "Gerri" Wilder savait exactement comment donner à n'importe quel homme, peu importe son âge ou sa taille, l'impression qu'il était un vilain gamin.

- Abaisse ton cul et embrasse-moi. Gerri lui donna une tape sur le bras. Le geste ne faisait pas mal, mais c'était sa façon de lui rappeler que c'était elle l'adulte. Tu sais que je ne peux pas atteindre ta joue à moins d'avoir sorti mon escabeau.

- Désolé, tante Gerri. Il rit et se pencha pour embrasser sa tante.

Gerri écarta la mèche de longs cheveux blancs qui tombait habituellement sur le côté de son visage. Les mèches blanches contrastaient avec le reste de ses cheveux noirs et donnaient à la femme âgée une touche exotique.

Gerri s'offusqua.

- Amenez vos fesses à l'intérieur ou je vais devoir

trouver cet escabeau.

Theron et Connor entrèrent dans l'appartement de Gerri et sourirent. L'odeur du pain frais, du gâteau et des biscuits les frappèrent. Ils aimaient quand elle faisait de la pâtisserie, c'est-à-dire à peu près tout le temps.

- Tu sais que je t'aime, Gerri, commença Theron.

- Oh non, non, non. Elle les repoussa de la cuisine vers la salle à manger. Vous devrez d'abord dîner avant que je sorte les gâteaux. Vous connaissez les règles.

Gerri s'en fichait qu'ils soient tous les deux dans la trentaine ou prêts à être la triade Alpha de la meute de Wildwoods. Nan. Elle se souciait seulement qu'ils se comportent comme elle voulait. Alors ils s'inclinèrent. D'ailleurs, tous les deux l'aimaient de tout leur cœur.

- Comment va la chasse à la compagne ? demanda Gerri en s'asseyant pour dîner.

La table avait été mise avec de grands plateaux de nourriture pour eux trois. Être des métamorphes signifiait avoir de gros appétits et Gerri aimait choyer son neveu et son ami.

La chasse à la compagne allait mal. Theron, l'Alpha, et Connor, l'Omega, étant les leaders de la meute Wildwoods et il était difficile de trouver une partenaire qui pourrait être partagée entre eux. Soit Theron ne trouvait pas de femme qui pourrait les aider à diriger la meute, parce qu'elle manquait de personnalité, soit

Connor ne sentait pas qu'elle pourrait devenir leur partenaire, d'un point de vue émotionel.

- Ça ne va nulle part, répondit Connor.

Theron regarda son meilleur ami, la seule personne avec qui il partageait tout, y compris les femmes, et soupira de déception. Leur lien en tant qu'Alpha et Omega les rendait plus proches que des jumeaux, mais cela rendait également difficile la recherche d'une compagne pour eux deux. Les femmes dans la meute de Wildwoods étaient mesquines, jalouses, et ce n'était pas le genre qu'ils choisiraient pour être le troisième membre de leur triade Alpha. La femme dont ils avaient besoin devait être... la bonne. Elle devait être ouverte à, non seulement leur relation, mais le lien qui s'ensuivrait entre les trois. Une fois leur lien scellé, elle serait aussi Alpha que Theron et aussi émotionnellement empathique que Connor.

- Si vous cessiez d'avoir la tête si dure, les garçons, grommela Gerri en passant la montagne de purée à Connor. Ça faciliterait les choses.

Connor secoua la tête, ses cheveux blonds ébouriffés après avoir passé les doigts dedans.

- Elle doit être correcte. Une femme seule. Avec une personnalité qui corresponde. Quelqu'un qui ne se laissera pas intimider par ce que nous sommes.

Theron sourit.

- Et elle ferait mieux d'être canon.

Gerri lança un regard furieux et fronça les lèvres.

- Bien sûr, comment pourrions-nous oublier cet élément important ?

- Hey. Theron pouffa. Elle doit être aussi d'accord avec nos côtés humains et animaux. Ça fait quatre degrés d'approbation.

Les sourcils sombres de Gerri se soulevèrent lentement.

- Parce que tu es un Alpha si perspicace. Puis elle se tourna vers Connor. Je sais que tu dois te connecter émotionnellement. Mais lui ? Elle fit un signe vers Theron. C'est une pute.

Non. C'était faux. Theron aimait juste les femmes. De toutes les formes et toutes les tailles, bien qu'il préfère le genre petit et rond avec de quoi s'agripper. Il aimait vraiment les lunettes et les longs cheveux bouclés de la voisine de Gerri. Elle lui rappelait un bibliothécaire sexy ou une institutrice. Il y avait aussi ses lèvres. Seigneur, ses lèvres boudeuses lui avaient donné des images instantanées de sa bouche sur sa bite.

- De toute façon, on abandonne, déclara Connor. Nous voulons que tu nous aides.

Gerri se redressa sur son siège. Elle jeta un coup

d'œil entre eux avant de parler.

- Vous êtes tous les deux d'accord avec ça ?

Pas si ça n'avait tenu qu'à Theron. Mais si elle pouvait leur trouver quelqu'un d'aussi sexy que sa voisine, ils étaient d'accord tous les deux.

- Oui, c'est bon, approuva Theron à contrecœur.

Le regard de Gerri se concentra sur lui.

- Tu feras tout ce que je te dirai pour te trouver la compagne qui te convient ?

Il détestait devoir s'en remettre à une agence de rencontres, même s'il s'agissait d'une agence paranormale.

- Oui. Je connais le succès de ton agence de rencontres, tante Gerri. Mais je n'aime pas devoir passer par là pour trouver la personne qui devrait venir à nous naturellement.

Gerri haussa les épaules, coupa son steak et sourit.

- Parfois, on a besoin d'une paire supplémentaire de mains. Elle rigola. Enfin, dans votre cas, une troisième paire.

Sa tante était trop. Connor sourit. Puis ils rigolèrent tous les trois.

- Tu as besoin qu'on te fasse une liste de critères ? demanda Theron.

Il savait déjà qui il pourrait lui suggérer. Même si elle n'était pas une bonne compagne a priori, il adorerait mettre la main sur la voisine de sa tante. Son odeur avait poussé son loup à se réveiller et à vouloir jouer.

Gerri fronça les sourcils.

- Est-ce que j'ai l'air d'une débutante ?

Les yeux bleus de Connor s'élargirent.

- Non mais...

- Vous prendrez ce que je propose et vous ne poserez pas de questions. Je sais de qui vous avez besoin.

Et c'est pourquoi Gerri s'occupait de l'agence de rencontres paranormales et qu'ils s'occupaient de gérer la meute.

- Si tu es sûre de ne rien avoir besoin de notre part, alors nous sommes ouverts à celles que tu as en tête, déclara Theron pour eux deux.

Ils en avaient discuté. Partager une femme n'était pas gênant pour eux. En raison de leur relation étroite il était plus facile de se lier avec un tiers. Bien qu'ils ne soient pas liés par le sang, le lien spirituel entre leurs animaux était si fort, que c'était presque comme s'ils étaient une entité. Theron était l'Alpha qui combattait et maintenait l'ordre. Connor était la corde émotionnelle qui unissait la meute. Il prenait le poids de la douleur, des frustrations et transformait le tout en une paix tranquille. Ensemble, ils faisaient la paire Alpha. Une fois qu'ils auraient trouvé leur compagne, ils formeraient la triade Alpha.

Le repas terminé, ils passèrent au salon. C'est à ce moment-là que Gerri les laissa finalement prendre le dessert. Theron n'essayait même pas de cacher son amour pour les pâtisseries de sa tante. Gerri était incroyable quand elle cuisinait.

- Nous devrions t'emmener vivre avec nous, tante Gerri, marmonna Theron entre deux bouchées de gâteau.

- Je ne pense pas. J'ai une entreprise à gérer. Elle sourit et se rassit sur son canapé confortable en souriant. Mais vous êtes tous les deux les bienvenus pour me rendre visite quand vous voulez.

- Bon alors, heu... Connor regarda Theron.

Son regard inquiet prouva qu'il avait besoin d'être rassuré en ce qui concernait le problème de la compagne. Ils savaient tous les deux que les femmes de la meute rendraient la vie difficile à n'importe quelle femme de leur choix, du moment qu'elle ne faisait pas partie du clan Wildwoods.

- Connor, mon chéri. Gerri se pencha en avant et tapota son genou. Arrête de trop stresser. La femme idéale viendra à toi. Elle se tourna vers Theron. Je dois juste m'assurer que vous ferez ce que je dis. Ce ne sera pas aussi simple que vous pourriez le prévoir. Ce n'est pas comme si j'allais trouver votre compagne en un clin d'œil.

L'animal de Theron se mit en état d'alerte. Il avait peur que le fait de s'en remettre à un service de rencontres soit un autre échec dans leur recherche de compagne.

- Nous comprenons.

- C'est bien. Gerri acquiesça brusquement. Soyez prêts pour un éventuel rendez-vous assez prochainement. Ce sera peut-être un peu différent de d'habitude, mais je pense que ça marchera pour vous, les garçons.

Theron baissa les yeux sur le délicieux gâteau mais il avait perdu son appétit. Il avait compris que tout ce qui avait à voir avec une compagne serait un nouveau défi. Mais il ne savait pas à quel point.

Quand les parents de Theron et leur compagnon étaient morts dans un incendie de forêt, il n'avait pas entièrement compris la difficulté de faire partie de la triade Alpha. Il savait seulement que ses parents attendaient ça de sa part et qu'il ferait tout ce qui était nécessaire pour garder les rênes sur sa meute. Même si cela signifiait sortir de la meute pour trouver la troisième pièce du puzzle.

* * *

Tally s'était déjà mise en pyjama quand Mme Wilder lui envoya un texto pour venir prendre un dessert. L'odeur de la pâtisserie de la vieille dame avait envahi son appartement et lui donnait des envies de sucreries, comme si elle avait besoin d'un shoot.

Elle n'eut pas à frapper, Gerri ouvrit la porte avant même qu'elle y arrive.

- Bonjour Madame Wilder.

Gerri leva les yeux au ciel et lui fit signe d'entrer dans son appartement.

- Je t'ai déjà dit que *Madame Wilder* ça me fait me sentir vieille. Et je ne suis *pas* vieille.

Tally sourit devant la moue de la vieille dame. Elle s'assit sur l'un des beaux canapés beiges de Gerri. Le gâteau était déjà servi et posé sur la table du salon, avec du thé.

- Merci beaucoup, Gerri.

Tally ne s'inquiétait pas de manger des sucreries tard dans la soirée. Elle était trop stressée pour penser à son corps. D'ailleurs, elle était bien dans sa peau, la plupart du temps. À moins que des hommes vraiment sexy la regardent de la même façon que les deux dans l'ascenseur. Comme si elle était un festin et qu'ils étaient affamés. Cela lui avait vraiment fait se demander si elle avait loupé quelque chose au sujet de son corps. Une sorte d'image dont elle n'était pas consciente. Les hommes ne se retournaient généralement pas sur son passage pour lui sourire comme ces deux-là l'avaient fait ce jour-là.

- De rien. Gerri s'assit en face d'elle et prit le bloc-notes à côté du gâteau. Bon alors, j'ai pensé à ton message.

Tally savait qu'elle aurait dû mieux le formuler, mais elle n'avait pas réussi. La vérité c'était qu'elle avait vraiment besoin d'aide. Du genre « J'ai besoin de votre aide avant d'avoir l'air d'une ratée devant ma famille ».

Les lèvres de Gerri se crispèrent puis se courbèrent en un large sourire.

- Tu n'auras pas l'air d'une ratée. Elle agita un stylo bleu dans la direction de Tally. Maintenant, tu m'as à tes côtés. Je ne le permettrais jamais.

Tally pensa à son ex et aux membres de sa famille. Ils étaient tous si proches. Elle s'était toujours sentie comme l'étrangère dans sa propre famille à cause de Paul. Nita était la seule qui prenait parti pour elle. Tout le monde avait été pris dans le jeu de Paul-le-beau-parleur. Il savait comment amener les gens à croire tout ce qu'il voulait. Pendant un moment, elle avait été l'une des personnes totalement subjuguées par lui. Puis un jour, ses œillères étaient tombées.

- Vous avez trouvé quelque chose ? demanda Tally.

Un tic nerveux lui fit trembler la main. Elle détestait

être dans le doute, comme ça. Elle ne pouvait pas aller à ce foutu mariage. Paul l'avait mise à l'écart du groupe et avait fait croire que c'était elle qui avait détruit leur relation, alors que c'était lui, à cause de tous ses mensonges.

Elle n'avait rien à cacher. Alors pourquoi devrait-elle être celle qui ne viendrait pas ? Qu'il aille se faire foutre, ce Paul. Et le reste de la famille avec, s'ils pensaient qu'elle était responsable de l'échec d'une relation, déjà trop foireuse au départ pour marcher. Pas question qu'elle les laisse la repousser. Si elle n'y allait pas, ce serait par choix. Pas à cause de leur opinion.

- Oui.

Gerri la considéra pendant un long moment.

- D'accord...

- J'ai d'abord quelques questions à te poser.

Gerri baissa les yeux sur son carnet. Tally saisit sa tasse et but une gorgée de thé.

- As-tu déjà été en ménage à trois ?

Elle s'étouffa avec le thé qu'elle avait dans la bouche. Gerri lui passa une serviette sans sourciller, comme si elle était habituée à ce genre de réaction.

- Pardon ?

Elle toussa.

- Chérie, tu sais ce qu'est un ménage à trois, non ?

Les traits de Gerri se plissèrent d'inquiétude.

- Oui. Et non, je n'ai jamais été en ménage à trois.

Qu'est-ce que ça avait à voir avec un cavalier pour le mariage de l'enfer ?

- Serais-tu contre ce genre de chose ? Gerri secoua la tête. Attends, ça n'est pas ça, en fait.

Dieu merci, Gerri avait réalisé que c'était mal de lui demander des choses pareilles.

- Je veux dire, est-ce que tu t'autoriserais à te retrouver avec deux hommes à la fois ?

Elle cligna des yeux. Sa bouche s'ouvrit de stupeur. Elle ne trouvait même pas le moyen de lui dire que ce n'était pas ses affaires. Apparemment, demander de l'aide à cette femme âgée avait été une mauvaise idée.

- Gerri. Elle posa la tasse, prête à se lever. Je ne pense vraiment pas que...

Gerri lui lança un regard qui la fit taire.

- S'il existait deux hommes qui pouvaient te procurer la relation sexuelle la plus incroyable de ta vie, le ferais-tu ?

Eh bien, dit comme ça…

- Euh… Elle se mordit la lèvre. Ensemble ?

- Oui, ensemble.

- Est-ce qu'ils vont se faire des trucs entre eux ou seulement à moi ?

Gerri poussa un soupir fatigué.

- Non chérie. Il n'est question que de toi.

- Hé, je ne sais pas grand-chose sur ce truc, ou comment ça marche, c'est tout, dit-elle, un peu irritée que Gerri la regarde comme si elle était une oie blanche.

Elle avait déjà fait l'amour, bon sang. Ça n'avait jamais été incroyable par contre. Elle avait eu beaucoup de relations sexuelles merdiques, ça c'était sûr.

- Je suis désolée, Tally. Je ne veux pas te mettre sur la défensive. Il y a des ménages à trois qui impliquent des hommes et des femmes, qui couchent tous les uns avec les autres. J'ai besoin de connaître tes préférences.

- Je ne serais pas opposée à essayer. Je veux dire, je ne suis pas une foutue vierge et je ne suis pas coincée dans le passé non plus. Mais je ne suis pas la femme la plus aventureuse, admit-elle. Mais deux beaux mecs ? Qui me donnent un plaisir de dingue ? On ne réfléchit pas à deux fois.

Gerri eut un petit rire.

- C'est bien, tu es intelligente.

Tally se pencha en avant, essayant de voir ce qu'il y

avait sur le calepin.

- Quel rapport avec mon cavalier ?

- Rien. Je suis simplement curieuse. Gerri haussa les épaules. J'ai tant de beaux mecs dans mon système informatique. Tu pourrais me décrire comment tu les aimes ? Es-tu plutôt du genre hommes d'affaires avec des yeux gentils et des sourires coquins, ou préfères-tu les beaux motards avec des tatouages et des culs moulés dans leur jean ?

- Merde. Si je pouvais réunir ces deux-là, je serais la femme la plus heureuse du monde. Elle soupira.

Gerri venait de décrire les deux hommes de l'ascenseur. Leur image satisfaisante en tous points fit monter sa température en flèche.

- Tu as déjà quelqu'un en tête ? Les yeux de Gerri s'écarquillèrent pour la première fois. Oui ! Je le sens !

Elle secoua la tête en signe de négation, la chaleur se pressant sur ses joues.

- Je me suis souvenue de vos invités de tout à l'heure. Ces gars-là étaient terriblement craquants.

Un sourire lent et prédateur glissa sur les lèvres de Gerri.

- Mon neveu et son ami. Oui, ils sont très beaux garçons.

De putains de canons, oui, avec un côté chaud comme la braise, mais beaux, oui on pouvait dire ça aussi.

- Comment ça se passe pour toi, côté chance avec les hommes ? demanda Gerri.

Elle ne prit pas la peine de mentir.

- Minable. Tous ceux que je rencontre sont des connards ou les rebus des pires clubs de rencontres.

- Ah bon ? Mais tu es une si jolie fille, avança Gerri.

- Oh allez, Gerri. Elle tordit ses lèvres en un triste sourire. Je sais que je ne suis pas mal, mais mes cheveux sont trop bouclés, j'ai trop de formes et j'ai besoin de mettre de l'eau dans mon vin apparemment, d'après ce que m'ont dit mes deux derniers rencarts. Elle serra les dents. Ils ont également dit que je ne devrais pas être si difficile parce que l'apparence ne fait pas tout. Tout ça parce que j'ai dit à un gars que sa photo de profil n'était pas la sienne.

- Ah ?

L'intérêt transparut dans la voix de Gerri.

- Il a utilisé la photo d'un très bel homme. Un homme à qui il ne ressemblait en rien. Elle fronça les sourcils, se remettant de nouveau en colère à cause de cet épisode. Apparemment, la photo était celle d'un acteur britannique. Mon rencart m'a dit qu'on lui avait toujours dit qu'il ressemblait à cet acteur, alors il ne voyait pas le besoin d'afficher sa propre photo alors que celle-ci ferait l'affaire.

- Mais il ne ressemblait pas à l'acteur ?

Tally se mordit la lèvre pour ne pas grogner.

- Non. L'acteur avait des cheveux. Pas ce mec. L'acteur était bien bâti. Ce mec ressemblait à un gros lard. Son pantalon de jogging avait des taches. Et... elle fronça le nez. Il avait les dents vraiment jaunes.

- Waouh, dit Gerri. Ça m'a vraiment l'air d'un affreux rencart.

- Attendez, y a pire. Elle baissa les yeux vers son assiette couverte de traces de glaçage. Il m'a amenée prendre un café et j'ai fini par devoir payer pour lui parce qu'il avait « oublié » son portefeuille.

- Oh, ma pauvre fille, s'exclama Gerri, visiblement horrifiée.

- J'ai au moins cent autres histoires comme ça. C'est nul, les rencontres en ligne et je ne le ferai plus. Mais j'ai besoin de quelqu'un pour venir à ce mariage dans ma famille et je veux que le gars soit le plus canon que vous puissiez trouver. Même si je ne le revois jamais, dit-elle avec désespoir. Je veux que tout le monde ferme sa gueule à propos de ma vie amoureuse. Alors, pouvez-vous m'aider ?

Gerri acquiesça.

- Oui, je crois que je peux.

- Plus canon est le gars, mieux c'est. Je veux que les langues s'agitent.

Le rire de Gerri remplit l'appartement.

- Ma chère, tu es absolument mon genre de cliente. J'ai exactement ce dont tu as besoin.

- Bien. Elle se leva. J'aurai besoin de lui pour mon premier événement, la fête prénuptiale, dans une semaine. Demandez-lui de se pointer au restaurant. Je n'aurai pas le temps de rentrer à la maison. J'ai une longue journée ce jour-là et nous devrons nous retrouver là-bas. Elle se dirigea vers la porte, Gerri à ses côtés. Je fais confiance à votre instinct. Donc, peu importe qui vous choisissez pour cela, je serai d'accord.

Gerri sourit.

- J'en suis heureuse. Tu garderas l'esprit ouvert par contre, n'est-ce pas ?

Elle avait l'esprit le plus large qu'il soit. Merde. Elle laissait une vieille amie lui trouver un homme pour aller à un mariage. Si ce n'était pas fou ça, elle ne savait pas ce que c'était.

- Oui, je vais garder l'esprit ouvert. Elle s'arrêta à la porte. Assurez-vous qu'il a des cheveux, de belles dents et des vêtements propres. A part ça, je pourrais tout laisser passer.

- Ça marche, promit Gerri. Ne t'inquiète pas. Ton rencart de rêve deviendra réalité.

Tally éclata de rire.

- Je vais me contenter d'un gars sympa. Un qui n’attend pas de moi que je supporte les odeurs corporelles.

- Fais-moi confiance, on n’a pas ce genre ici.

Elle hocha la tête et agita la main en se dirigeant vers son côté du couloir.

- Bonne nuit, Gerri.

- Bonne nuit, Tally. Aies confiance. Ça va bien marcher.

Plus facile à dire qu'à faire.

TROIS

Tally grogna et klaxonna. Encore. Elle était tellement en retard. Son rencart était probablement déjà parti. Comme si elle avait pu savoir que son connard de patron lui donnerait une tonne d'appels à passer au moment où elle se dirigeait vers la porte.

- Le salaud ! Ils cassent les couilles, ces avocats.

La circulation aux heures de pointe ne faisait que rajouter à sa frustration, mais elle essaya de se calmer. Gerri l'avait appelée et lui avait dit qu'elle serait agréablement surprise par son rendez-vous. L'excitation de Tally augmenta encore une fois. Bien qu'une fête prénuptiale fût loin de son idée d'un rendez-vous parfait, elle voulait faire une impression du genre « j'en ai rien à foutre de ce que vous pensez » devant sa famille. Avec un peu de chance le canon que Gerri avait choisi ferait l'affaire.

Elle passa ses mains moites sur le bas de sa robe longue bleue sans bretelles. Elle ne mettait habituellement pas de bustiers, mais cette robe était jolie et elle aimait vraiment la façon dont elle tombait.

Nita l'avait incitée à l'acheter. Elle lui avait dit que ça la rendait sensuelle et sexy. Elle avait passé des années à ignorer son propre sex-appeal et à cacher ses formes parce qu'elle était, selon sa famille, trop grosse. Mais tout ça c'était fini. Son corps était à elle et si elle voulait se déshabiller et tortiller du cul à son nouveau rendez-vous, elle ne se gênerait pas. Juste après avoir bu quelques verres. Le courage en bouteille était son meilleur ami.

Le restaurant que la famille avait choisi pour la fête prénuptiale était classe. Cela signifiait que tout le monde devait être sur son trente et un. Soudain, elle manqua d'air. Elle avait oublié de dire à Gerri de s'assurer que le gars soit habillé correctement.

Elle ne paniquerait pas. Non, elle ne paniquerait pas.

Bon sang, elle paniquait. Et si le gars se pointait en short et en débardeur ?

Oh, seigneur.

Elle claqua sa main sur le volant alors qu'elle tournait au coin pour entrer dans le parking du restaurant.

Son cerveau avait décidé que ça lui pendait au nez. Son rencart serait habillé de façon inappropriée et elle finirait encore par passer pour une imbécile. Sûrement pas ce dont elle avait besoin.

Elle sauta de la voiture. Oublia l'idée d'être réservée et posée et se précipita dans l'entrée de l'hôtel pour courir vers la salle des réceptions privées. Elle posa le pied sur un endroit humide et dérapa dans le couloir.

Bam !

Elle se cogna contre un corps immense sorti de nulle part. D'énormes mains se plaquèrent sur ses bras pour la retenir. Elle leva les yeux et en eut le souffle coupé.

- Bonjour, belle Tally, dit le blond qu'elle avait rencontré dans l'ascenseur de son immeuble.

Avant qu'elle ait eu une chance de retrouver sa voix, le canon numéro deux de l'ascenseur fit son apparition. Elle venait d'entrer dans la quatrième dimension.

- Oh, mon Dieu, marmonna-t-elle.

- Elle a une belle voix, dit le motard.

Attendez. Elle se souvenait de son nom. Theron. Et le blondinet était Connor.

- Qu'est-ce que... que faites-vous ici tous les deux ? demanda-t-elle.

Au son de sa voix, on comprenait bien qu'elle était

bluffée par leur allure en costume. L'eau lui vint à la bouche. Dans des vêtements ordinaires, ces deux gars étaient beau à croquer, mais en costume, ils donnaient un nouveau sens à, sexy à tomber par terre.

- Nous sommes tes rencarts pour les prochains jours, dit Theron en s'approchant d'elle.

Elle en perdit le souffle. Pas question. Gerri ne pouvait pas être aussi diabolique.

- Je pense que vous devez vous tromper.

Connor sourit. Son rictus passa du sourire de star à celui de démon déclencheur d'orgasme instantané.

- Nous sommes tes rencarts, Tally. Tu ne vas pas nous rejeter quand même ?

- Je n'ai pas besoin de deux rencarts, déclara-t-elle plus pour elle-même qu'à leur intention.

Elle n'avait vraiment pas besoin de deux hommes super canon qui la regardaient comme si elle était la femme la plus sexy du monde. Non ? Si ?

Theron baissa la tête.

- Nous formons une paire, murmura-t-il à son oreille, son souffle chatouillant son visage.

Elle retint un gémissement et serra très fort son poing.

Quelqu'un apparut au coin de la pièce à ce moment-là. C'était Paul avec sa nouvelle petite amie. Elle n'avait vraiment pas de chance.

- Talia ? dit Paul, son regard allant de Tally à ses escortes. Je suis surpris de te voir ici.

Son ton montrait qu'il s'attendait à ce qu'elle ne vienne pas parce qu'il était là.

Pas dans cette vie, crétin.

- Ah ? Pourquoi ça ? J'ai dit à Roland et Susan que je venais.

Elle se força à sourire. La colère lui chauffait le sang. Elle voulait s'en prendre à lui et écraser ce sourire suffisant sur son visage.

- Qui sont tes acolytes ? demanda Paul, en poussant la mince femme blonde vers l'avant. Je te présente Candy.

- Ravie de vous rencontrer.

La blonde sourit. Elle était amicale, alors que Paul arborait un sourire suffisant.

Tally leva les yeux vers les deux hommes de chaque côté d'elle. Qu'est-ce qu'elle allait dire ?

- Je suis Theron et voici Connor, dit Theron, comme pour la sauver.

- Êtes-vous des collègues de Tally ? demanda Paul, l'air trop intéressé.

- Non, répondit Theron avant que Tally n'en ait l'occasion. On attend d'elle bien plus que des choses professionnelles. Elle est à nous.

- Pardon ?

Paul perdit le sourire. Cela valait presque la peine que Theron la fasse passer pour une prostituée qu'ils avaient engagée, ne serait-ce que pour voir la surprise sur son visage.

- Tu veux dire que vous couchez avec elle ?

- Paul ! le réprimanda la blonde.

- Je ne vois vraiment pas en quoi ça te regarde, cracha Tally.

Theron sourit à Tally, en lui prenant le poignet.

Elle se mordit la lèvre, retenant l'envie de frissonner. Puis, pour empirer les choses, il se mit à dessiner des cercles avec son pouce là où battait son pouls. Pendant ce temps, Connor glissait ses doigts sur sa nuque.

Pendant un moment, elle oublia tout de Paul et se concentra sur la sensation des deux hommes qui la caressaient.

- Tally est trop spéciale juste pour le sexe, dit Connor, en la clouant sur place avec son regard.

Theron porta la main à ses lèvres et embrassa son

pouls irrégulier.

- C'est vrai. Nous voulons la garder sur du long terme. Elle est la seule femme qui peut faire de nous un tout.

La luxure se concentra au creux de son ventre. Le feu partit du bout de ses seins jusqu'à son clitoris. Si elle pouvait se retrouver seule avec les deux gars tout de suite, tous les paris seraient ouverts. Qu'ils disent des choses aussi parfaites à Paul sans qu'elle ait eu besoin de leur demander, voulait dire que Theron et Connor étaient parfaits pour ce dont elle avait besoin.

- Oooh, dit Candy, brisant le moment intime entre Tally, Connor et Theron. Vous êtes trop mignons. Pourquoi ne me dis-tu pas des choses comme ça, Paul ?

Tally s'éclaircit la gorge. Son esprit était un tourbillon d'images érotiques où Theron et Connor lui faisaient des choses assez cochonnes. Et elle en redemandait.

- Bon, la coupa Paul. On se verra à l'intérieur.

Il entra dans la salle des réceptions privées et les laissa derrière sans un mot de plus.

- Bon sang, vous êtes trop forts !

L'esprit de Tally se mit à faire des moulinets. Ils la caressaient encore tous les deux et ils étaient seuls à présent. Leurs sourires sensuels faisaient un truc à ses poumons qu'elle ne pouvait pas expliquer. C'était comme si elle avait perdu la capacité de respirer normalement.

- Vous pouvez arrêter maintenant.

Theron émit un petit rire. Le son fit se dresser les poils sur ses bras. C'était profond, grave et tellement excitant que ses attributs féminins en frissonnèrent de désir.

- Pourquoi voudrions-nous faire ça ? demanda Connor, la voix basse et rauque.

Son contact léger la fit presque oublier ce pour quoi elle était là et se concentrer davantage sur ce qu'elle voulait aller faire.

- Heu... c'était quoi la question ? Bref, Gerri ne vous a pas expliqué que j'avais seulement besoin de faire semblant de sortir avec quelqu'un, les gars ? Pour que ma famille sache que je ne suis pas une ratée complète et qu'ils peuvent tous aller se faire foutre.

- Je préférerais que tu m'en laisses l'opportunité, dit doucement Theron.

Elle cligna des yeux et rencontra son regard.

- Quelle opportunité ?

- Celle de m'envoyer en l'air avec toi.

Waouh.

Elle s'éloigna d'eux, l'esprit dans un merdier total de désirs et d'envies.

- Attendez une seconde. Je ne m'attendais vraiment pas à deux escortes ce soir. Je ne sais pas vraiment quoi faire avec vous deux. Et vous n'avez pas besoin d'agir comme si j'étais la femme la plus sexy du monde quand personne n'est là.

- Mais tu *es* la femme la plus sexy à nos yeux, déclara Theron et Connor acquiesça.

Ils réduisirent la distance entre elle et eux. Elle ne voulait pas avoir envie d'eux, mais c'était pourtant le cas. Les deux hommes activaient en elle un profond désir primal. C'était comme si une toute nouvelle facette d'elle-même était exposée et elle ne savait pas trop quoi en faire.

- On va te faire du bien, dit Connor comme s'il lisait dans ses pensées.

Ça, elle n'en avait aucun doute.

Theron prit sa joue dans sa main.

- Non, on va te faire un putain de bien, comme jamais tu as eu.

Doux Jésus !

- Tout ce que tu as à faire c'est de nous donner une chance.

Connor glissa ses mains le long de la courbe de ses fesses.

Sa chatte lui faisait mal tellement elle était excitée.

- Une chance de quoi ?

- D'être à nous.

- Il faut qu'on aille à l'intérieur, murmura-t-elle.

Seule la moitié de son cerveau lui rappelait qu'ils étaient à deux doigts du chaos et qu'elle devait contrôler ses hormones.

* * *

Connor regardait Tally de l'autre côté de la pièce. Theron lui tendit une coupe de champagne.

- Qu'en penses-tu ? demanda Theron.

Connor savait ce que Theron voulait savoir. Était-elle stable émotionnellement et assez forte pour faire partie de leur triade Alpha ? Oui. Bien qu'il y ait beaucoup de tristesse et quelque chose de passionné en elle, Tally était parfaite pour eux. Il le savait par la chaleur qui l'envahissait jusqu'aux os quand il la touchait. Theron avait le même sentiment. C'était l'une des choses qu'il pouvait sentir à travers leur lien sensoriel.

- Elle est parfaite. Dans tous les sens. Il ne prit pas la peine de cacher à quel point il la voulait lui-même. Si elle peut nous accepter, notre triade sera complète.

Contrairement à beaucoup de meutes, les Alphas de Wildwoods étaient connectés à un Omega. Theron et Connor savaient depuis leur naissance qu'ils formeraient une triade. C'était normal. Pendant des années, ils avaient partagé des femmes, mais jamais une compagne pour la vie. C'était un nouveau terrain. Le choix d'une compagne humaine rendait les choses encore plus difficiles. Il y avait la question de savoir si son corps pourrait se métamorphoser ou non. Et que se passerait-il si elle était mise au défi pour son rang ?

- Les femelles pourraient faire des problèmes. Surtout Keya. Elle est en colère contre nous depuis qu'on l'a rejetée comme partenaire et ça fait un moment maintenant, déclara Theron.

Ils se regardèrent et revinrent à Tally. Elle semblait en grande conversation avec une vieille dame. À chaque instant, elle riait ou souriait. C'était le signe qu'elle n'avait pas besoin qu'ils interviennent.

- Oui, mais nous devrons la traiter comme une des nôtres et la laisser gérer sa façon de s'intégrer comme elle l'entend.

Theron tendit sa flûte de champagne vide à un serveur qui passait puis croisa les bras sur son torse.

- Jusqu'à un certain point. Je ne laisserais personne la blesser. Elle est si petite. Et Keya vient d'une ancienne famille Alpha. Elle n’est peut-être pas Alpha dans notre groupe, mais c'est dans son sang. Elle veut commander. Je ne laisserai rien arriver à Tally.

- Elle est beaucoup plus forte qu'elle ne le semble, Theron. Très féroce, même.

Connor se concentra sur les battements de cœur de Tally. Elle était excitée. Il le sentait. Une seconde plus tard, elle leva les yeux et croisa son regard. Oh, oui. Elle voulait y goûter. Elle ne savait peut-être pas à quel point les choses étaient profondes, mais pour le moment, ils utiliseraient son attirance sexuelle pour eux et s’en servirait pour l'encourager à être avec eux.

- Ça pourrait prendre un certain temps pour la faire adhérer à nos besoins, grommela Theron.

- Ensuite, nous devrons utiliser tous les moyens nécessaires pour lui faire voir notre côté des choses.

Connor sourit à Tally. Elle se lécha les lèvres et détourna le regard.

- Je pense que j'aime bien la tournure que prennent les choses, dit Theron en ricanant. Ça va être amusant.

- Je vais démarrer le truc, proposa Connor en commençant à marcher vers Tally.

- Garde-bien les yeux sur le prix, grommela Theron.

Le prix était la douce Tally et son corps sexy rien qu’à eux. Comme compagne. Connor se dirigea vers

Tally dans l'intention de briser la glace. Une enjambée et il était là.

Il lui tapa sur l'épaule. Sa peau était tellement douce, plus douce que tout ce qu'il avait touché. Et la couleur attirait son regard. Un joli caramel qui lui faisait avoir honte de sa pâleur.

Elle le regarda, les yeux grands ouverts derrière ses lunettes. Il aimait à quel point elle semblait innocente juste avant que la luxure n'envahisse ses yeux marron foncé.

- Tu voudrais danser ?

Il tendit la main et la regarda fixement sans rien dire.

- Vas-y, ma fille, dit la vieille dame. Il est beau et tu es magnifique dans cette robe. Oublie tous les idiots et amuse-toi.

- Merci, grand-mère Kate.

- Ne t'inquiète pas, si je vois Nita, je lui dirai que tu la cherches. La vieille dame sourit.

Connor la prit dans ses bras sur la piste de danse, déjà bondée de couples. La musique était douce, il n'y avait donc pas besoin de s'agiter trop au risque de blesser quelqu'un.

Tally regarda partout autour d'elle, sauf sur lui. Il sentit la tension dans ses muscles. Son excitation palpable le fit sourire.

Il se pencha, en pressant son corps contre le sien et murmura à son oreille :

- Détends-toi, Tally.

Elle inspira d'un coup. Sa respiration irrégulière et son gémissement presque inaudible le firent bander. Il glissa une main dans son dos vers la courbe de ses fesses et la pressa contre lui. Il voulait que son corps appuie sur son sexe.

- Oh, mon Dieu... chuchota-t-elle.

- C'est toi qui me fais ça, ma belle. Il passa ses lèvres sur son épaule. Je bande tellement que je n'arrive plus à penser correctement.

Elle tourna la tête et le fixa, les yeux écarquillés.

- Mais... mais je n'ai rien fait.

Il sourit à son expression choquée.

- Tu en fais assez en sentant si bon et en ayant l'air si appétissant.

Il la guida vers un coin sombre où il pourrait la presser contre lui et se torturer davantage avec sa douceur.

- Connor, vous êtes tous les deux vraiment de beaux garçons, mais je n'ai jamais... Elle regarda autour d'elle. On n'est plus dans la même pièce ?

Il l'avait poussée vers une pièce vide à côté, à travers un rideau ouvert.

- Je voulais être seul avec toi.

Elle cligna des yeux et se lécha les lèvres.

- Seigneur, Tally. Si tu continues à faire cela, je ne suis plus responsable de mes actes.

Sa langue rose mouillée passa de nouveau sur sa lèvre inférieure.

- Faire quoi ?

Il la pressa contre un mur.

- Ça. Te lécher les babines et me donner envie de faire pareil. Il faut que je te goûte.

Sa bouche s'ouvrit à la recherche de l'air et il utilisa ça comme sa première occasion de l'embrasser. Leurs lèvres se touchèrent et un feu instantané se propagea dans ses veines. Elle gémit du fond de la gorge. Le son était doux et tellement sexy qu'il agrippa sa taille plus fort qu'il ne le souhaitait. Il avait mal, tellement il voulait être en elle, sentir sa chatte s'écarter sur sa queue. Au moment où elle enroula sa langue sur la sienne, toute la réalité disparut. Elle était la seule chose sur laquelle Connor et son loup se concentraient.

Elle laboura ses bras de ses ongles. Elle le serra fort sur le tissu de sa veste. A chaque prise, elle ajoutait un petit gémissement enroué qui le rendait fou. Elle remua les hanches plus près. Elle était mouillée. Tellement mouillée. Il pouvait le savoir à cause du fort parfum qui émanait de sa personne.

Il s'éloigna du paradis de ses lèvres pour l'embrasser sur l'arête de la joue.

- Dis-moi que tu en as envie.

Il mordit son épaule nue.

- Oh, mon Dieu, gémit-elle.

- Dis-moi que tu nous veux tous les deux. Dis-moi que tu essaieras. Il pressa sur ses seins avec ses baisers. Il voulait tellement abaisser le tissu et en sucer les bouts. La lécher et la sucer et la mordre jusqu'à ce qu'elle jouisse.

- Je…

Il poussa son sexe contre elle. Son érection longue et palpitante ne lui laissait pas de répit. Le désir tissait des nœuds dans sa colonne vertébrale, jusqu'à ses couilles.

Il prit ses seins dans sa main par-dessus la robe, les pressa et lécha sa peau exposée. Ses gémissements résonnèrent profondément en lui. Ils le poussaient à continuer sa séduction dangereuse. Elle agrippa sa veste et tira, jusqu'à ce que leurs lèvres se joignent à nouveau pour goûter l'un à l'autre.

Son audace ne faisait que nourrir l'animal en lui.

Elle glissa une main vers le bas et prit sa bite en coupe. Sa petite prise se resserra fort. Il gémit, aimant la sensation de cette main sur lui, même à travers le pantalon. Elle était pressée entre lui et le mur, mais elle contrôlait les choses.

Puis, des bruits de pas s'approchant le firent sortir de sa brume. Il cligna des yeux et enroula un bras autour d'elle, se dirigeant droit vers la porte de la partie extérieure du restaurant.

Le moment était peut-être passé, mais il savait que son feu intérieur n'avait pas besoin de beaucoup pour être ranimé. Elle était définitivement l'unique femme pour eux. Il était temps de faire tomber ses défenses et de la faire venir à eux d'elle-même.

QUATRE

Tally cligna des yeux à travers la brume que l'excitation sexuelle lui provoquait et tenta de se rappeler ce qui s'était passé mais elle ne le put. Elle avait été à une fête prénuptiale dans sa famille. Ensuite, elle était sortie avec Connor. Après cela, ils avaient roulé jusqu'à chez elle et maintenant elle était assise dans leur voiture, en se demandant ce qui se passait.

Elle sortit du véhicule sur des jambes instables. Comme s'il lisait dans son esprit, Theron fût tout de suite là. Il lui donna le bras pour qu'elle s'y appuie et elle paria que, si nécessaire, il l'aurait portée jusqu'à sa porte. Comment le savait-elle ? Elle n'en avait aucune idée. Mais quand il s'agissait de Theron et Connor, son instinct était comme un radar pointant directement vers le ciel.

Quand ils arrivèrent à son appartement, elle avait la

tête vide. Elle avait mal tellement son corps souffrait d'un besoin insatisfait.

Elle rencontra le regard sombre et sexy de Theron.

- Je…

- Nous ne te forcerons pas si tu n'es pas prête, déclara-t-il.

Connor se tenait juste un pas à sa droite.

Theron se baissa et prit son visage dans sa main. Leurs lèvres étaient à quelques centimètres et, Seigneur, elle avait aussi très envie de goûter les siennes.

- Nous ne sommes pas obligés de partir non plus, si tu le souhaites.

Elle déglutit. Ses jambes tremblèrent en y songeant. Eux deux. Lui donnant du plaisir. Concentrés uniquement sur ce qu'elle voulait, pour en faire une réalité. Elle ne savait pas si elle était nerveuse, excitée ou effrayée par la perspective. Aucun homme ne lui avait jamais vraiment donné de plaisir. Malgré leur belle apparence et leur conversation sexy, elle ne savait pas comment ces deux-là seraient au lit.

- Essaye-nous, l'encouragea Theron. Je vais te lécher la chatte jusqu'à ce que tu ne puisses plus bouger.

Elle s'appuya contre la porte entrouverte, en serrant fort la poignée. Theron caressa son visage, descendit de son cou jusqu'à sa poitrine. Il ne toucha pas ses mamelons tendus par le désir. Même pas pour la tenter. Il le contourna et elle grogna presque de colère. Elle était tellement excitée que de simples effleurements pourraient la faire exploser.

Connor choisit ce moment pour les rejoindre. Il se poussa contre elle, la tenant prisonnière entre eux deux.

- Si tu nous le permets, tu auras assez de plaisir ce soir pour qu'il dure toute la vie.

Elle gémit. Bon Dieu, pourquoi disait-il des conneries pareilles ?

- Mais si tu nous accordes plus de temps, tu obtiendras beaucoup plus que ce que tu avais imaginé.

Dieu du ciel. Comment pouvait-il dire de telles choses et s'attendre à ce qu'elle se précipite à l'intérieur et lui dise au revoir ? A y bien réfléchir, Nita avait raison. Elle avait besoin de se faire sauter.

Elle jeta un coup d'œil de l'un à l'autre et hocha la tête.

- Entrez.

Au moment où les mots quittèrent ses lèvres, les deux hommes agirent si vite qu'elle se demanda de ce qui s'était passé. Elle était à la porte, et deux secondes après, elle était au milieu de son salon avec Theron en train de l'embrasser, les mains posées sur son visage et Connor pressant sa queue contre son dos, les mains enserrant ses seins.

Les vêtements s'envolèrent. Theron grogna contre sa bouche. Sa langue pointa entre ses lèvres et prit le dessus sur la sienne. C'était comme une bataille. Elle ne savait pas combien de temps elle pourrait tenir en lui rendant succion pour succion, coup de langue pour coup de langue. Pas longtemps, avec tout ce désir en elle. Cette envie. L'envie de le supplier de la faire jouir.

Connor tira sa robe vers le bas avec sa culotte. L'air fit frémir le bout de ses seins. Puis ses mains furent là. Sur sa peau. Pincèrent ses tétons et glissèrent vers le bas pour recouvrir sa chatte.

- Merde, Tally, grogna Connor. Tu es mouillée. Tellement mouillée.

Il écarta son sexe, un doigt pressé au cœur de son plaisir.

Elle gémit, son corps se précipitant vers un orgasme auquel elle n'était pas prête. Theron continua à lui faire l'amour avec sa bouche. Sa langue glissait d'avant en arrière au même rythme qu'un homme qui baise une femme.

Theron embrassa sa mâchoire. Il embrassa sa poitrine. Elle haleta alors qu'une vague de chaleur parcourait son corps. Il suçait le bout de ses seins avec sa bouche chaude et frottait ses dents contre sa chair. Elle se mordit la lèvre, l'esprit perdu dans la sensation du plaisir d'avoir un mamelon taquiné et l'autre sucé, alors que Connor passait les mains sur ses fesses.

- Tu es si belle, murmura Connor à son oreille.

Sa voix était grave, rauque et ses légers grondements la rendaient plus humide encore.

Theron pressa ses seins l'un contre l'autre, se déplaçant de l'un à l'autre. Il lécha, il suça, il mordit et elle en eut le souffle coupé. Les muscles de ses jambes ne répondaient plus mais Connor était là. Il la tint par la taille et posa ses lèvres sur son dos.

- J'ai compris. Tu aimes qu'on te touche, Tally ? demanda-t-il.

Elle cligna des yeux, essayant d'y voir clair dans la pièce faiblement éclairée. Son cerveau avait cessé de fonctionner et toutes ses pensées étaient concentrées sur la rapidité avec laquelle elle se préparait à brûler de l'intérieur.

- Oui. J'aime beaucoup ça... admit-elle.

Elle ne s'était jamais imaginée aussi aventureuse. On ne sait comment, l'assistante de direction ennuyeuse avait fait un plongeon dans le bassin de l'audace. Avec un homme qui la caressait par derrière et l'autre qui la léchait du haut en bas, elle était devenue une risque-tout, et qu'on la damne si elle revenait en arrière.

- Dis-moi ce que tu aimes d'autre, demanda Connor,

en caressant le bas de son dos de son souffle.

- Je veux qu'on me touche, déclara-t-elle, en enfonçant ses ongles dans les bras de Theron.

Sa respiration s'accéléra. Chaque coup de langue de Theron sur ses mamelons lui donnait envie d'être possédée par les deux hommes.

- Comment ?

Connor lui tapota les jambes pour qu'elle les écarte largement. Puis il écarta ses fesses et glissa la langue dans sa raie. Son souffle s'accéléra à chaque coup de langue autour de son anus. Ses jambes tremblèrent instantanément, mais Theron la retint avec ses larges mains.

Elle glissa les doigts dans les longs cheveux de Theron et passa ses ongles sur son cuir chevelu.

- Oh mon Dieu !

La bouche de Theron abandonna son sein douloureux avec un pop humide. Elle baissa les yeux pour rencontrer son regard doré et brillant.

- Merde, tu sens bon.

Sa voix rocailleuse, transforma ses tétons déjà tendus en deux petites pointes dures.

Elle le tira par les cheveux. La luminosité dans ses yeux augmenta et un grondement retentit dans sa gorge.

- Enlève tes vêtements, ordonna-t-elle.

Il sourit. C'était un délice sensuel pour elle de le regarder enlever lentement sa veste et le reste de ses vêtements. Pendant ce temps Connor était descendu, pour lécher l'arrière de ses cuisses jusqu'à sa chatte et son cul.

Elle leva les mains sur ses seins. Les narines de Theron frémirent. Elle tira et pinça ses tétons.

Son pantalon tomba par terre. C'était l'un des hommes les plus beaux qu'elle ait jamais vu. Un corps couvert de tatouages, des piercings aux tétons et une érection si impressionnante qu'elle voulait se mettre à genoux et le sucer tout de suite.

- Tu aimes ce que tu vois ?

Son ton était coquin, sexy.

- Oui. Et toi ?

Elle pressa ses seins, les prit en coupe et lui offrit silencieusement les amples monticules pour son plaisir.

- Bébé, je fais plus qu'aimer ce que je vois. Tu me fais tellement bander. Il agrippa son membre d'une main et le caressa de haut en bas d'un geste osé. J'ai hâte de te baiser.

Il se pencha en avant, prit un de ses mamelons dans sa bouche et mordit. Elle haleta. Sa morsure ajoutée à Connor qui continuait à faire passer sa langue de haut en bas entre les lèvres de son sexe transforma ses jambes en gelée.

Elle cligna des yeux et Theron avait disparu. Il fut si rapide qu'elle n'avait pas réalisé pendant quelques secondes que ses lèvres n'étaient plus sur elle. Elle entendit qu’on remuait des meubles. Il la saisit par derrière et tira. Elle tomba sur l'un des fauteuils, Connor toujours entre ses jambes. Theron fit le tour de la chaise, son érection à hauteur du visage de Tally.

Elle leva les yeux et se lécha les lèvres.

- Approche-toi. Tu veux que je te goûte ?

- Je veux voir tes jolies lèvres enroulées autour de ma bite, dit Theron, la voix encore plus rauque qu'avant.

Connor se retourna, il passa ses jambes par-dessus les accoudoirs du fauteuil et se frotta le visage contre sa chatte.

- Tu as le goût du dessert le plus sucré, gémit-il entre ses jambes.

Elle se pencha en arrière, poussa ses fesses contre le bord du fauteuil et tourna la tête pour faire face à Theron. Elle agrippa sa queue, le caressant de la racine à la pointe.

Elle rencontra son regard alors qu'elle le touchait. Sa mâchoire était crispée. La chaleur émanait de son corps en de puissantes vagues.

- Est-ce difficile pour toi de me laisser te toucher ?

- Oui, gémit-il.

Elle entrouvrit les lèvres, lécha lentement son gland en cercle et le regarda à nouveau.

- Pourquoi ?

- Parce que... gémit-il, alors qu'elle passait sa langue de ses couilles jusqu'au sommet de son pénis en le léchant en cercle.

- Je veux être au plus profond de toi. Sentir ta chatte chaude et mouillée agripper fermement ma bite.

Elle enduit son sexe de salive avec sa langue. Theron glissa les doigts dans ses cheveux, en tira quelques mèches et enfonça sa bite dans sa bouche.

- Suce-moi !

FIVE

Connor enfonça un doigt dans sa chatte, la double intrusion amplifia l'excitation dans son corps. Elle gémit, engouffra d'avantage la grosse bite de Theron et se tortilla sur la bouche de Connor.

Celui-ci lui lécha voluptueusement la chatte. Elle était déjà trempée par ses propres secrétions. Il appuya la langue sur son clitoris. Puis, il battit en retraite et revint à la charge. La passion embrasa son épicentre.

Theron faisait des allers-retours dans sa bouche. Lentement au début, mais ensuite plus fort et plus vite. Elle frotta le dessous de sa queue avec la langue. Chaque plongée dans sa bouche envoyait des feux d'artifice dans son clitoris. Sa mâchoire lui faisait mal tant elle devait maintenir la bouche ouverte, mais la succion continue de Connor sur sa chatte lui faisait oublier toute gêne.

- Putain, Bébé, gronda Theron. Tu as une petite

bouche si douce et si humide.

Elle le branla d'une main tout en le suçant. Il était dur et lisse comme de la soie. Elle abaissa son autre main pour saisir les cheveux blonds de Connor et le rapprocher de sa chatte.

- C'est bien, princesse, gémit Theron, entrant et sortant de sa bouche. Montre-lui comment tu aimes te faire baiser.

Son ventre se crispa. Theron agrippa ses cheveux plus fermement d'une main et caressa l'un de ses seins de l'autre. Connor sortit les doigts de sa chatte et les remplaça par sa langue. Il la baisa, lécha sa sève et grogna. Au début, c'était doux mais chaque petit grognement amplifia la tension qui grimpait entre ses jambes.

Puis ses coups de langue se firent plus rapides, plus forts, plus rudes.

Il faisait des cercles sans relâche avec rapidité et agilité. Elle haleta. Il lui était difficile de continuer à sucer la bite de Theron alors qu'elle était prête à jouir. Ses muscles se crispèrent.

Theron sortit sa queue de la bouche de Tally et se pencha pour l'embrasser. Il enfonça sa langue dans sa bouche et la frotta contre celle de Tally. Cette fois, elle était là avec lui. Le désir avait débloqué quelque chose en elle dont elle ignorait l'existence. Une soif de plus. Le besoin d'un plaisir sexuel plus profond. Quelque chose qu'elle n'avait jamais ressenti avec aucun autre homme.

La tension entre ses jambes atteint sa limite. Connor suçait toujours son clitoris. Et grognait. Le plaisir explosa à travers tout son corps en une vague qui la prit au dépourvu.

Elle étouffa un cri, enfonçant ses ongles dans le cuir chevelu de Connor, le serrant entre ses jambes. Son corps se mit à trembler quand la vague atteignit son sommet. Elle respirait à peine. Il continua à la lécher et à la sucer pendant de multiples mini-orgasmes. C'était différent de tout ce qu'elle avait déjà connu auparavant.

Les halètements et les respirations rapides étaient les seuls sons dans la pièce. Mis à part les faibles grondements de Theron.

Il prit son visage entre ses mains et s'écarta d'elle.

- J'ai tellement envie de te baiser que je n'arrive plus à penser correctement.

Elle baissa les yeux vers Connor, qui léchait son goût sur ses lèvres.

- Et toi ?

Connor sourit.

- Ne t'inquiète pas, ma belle. Je sais attendre mon tour.

Elle n'eut pas l'occasion d'en dire plus. Theron la souleva dans ses bras, puis s'assit sur le fauteuil sur lequel elle était et abaissa lentement le corps de Tally à califourchon sur le sien. Elle poussa son bassin en avant, se mordant la lèvre alors que la tête de sa queue lui écartait la chatte.

- Oh, merde ! grogna Theron. Tu es une petite chose serrée.

Petite ? Il n'y avait rien de petit chez elle. Elle gémit à la sensation presque brûlante de sa queue pressée contre les parois de sa chatte. Il l’avait grande et longue et épaisse. Toutes ces choses merveilleuses, sauf qu'elle n'avait pas eu de relations sexuelles depuis un certain temps et que la plupart des hommes avec lesquels elle avait couché n'avaient ni cette taille ni cette circonférence.

Elle rencontra le regard de Connor, le regarda se déshabiller puis s'asseoir sur une chaise de la salle à manger, directement devant eux. Son sexe était parfaitement raide et prêt.

Theron la fit descendre plus bas sur sa bite. Elle gémit tellement elle se sentait remplie. Il était complètement en elle, si profondément qu'elle pouvait à peine respirer.

- C'est parfait, gémit-il.

Il la souleva et la laissa retomber sur sa queue. Elle

n'avait pas besoin de plus d'encouragement. Elle ondula sur ses cuisses, ne se soulevant pas vraiment mais se frottant intérieurement contre sa bite, d'une manière incroyable.

- Oh Seigneur...

Theron attrapa des mèches de ses cheveux et les tira en arrière. Il lui lécha la nuque et prit sa poitrine de sa main libre.

- J'aime comme tu es humide. Si lisse et si étroite.

Elle déglutit, le regard toujours braqué sur Connor. Celui-ci commença à se branler en ne la quittant pas des yeux. Une goutte de sperme coula de la fente de sa bite. Il écarta la paume et continua à se caresser. Une nouvelle boule de tension commença à s'enrouler au creux du ventre de Tally.

Theron remua les hanches sous elle, la poussant à aller plus vite.

- Allez, chevauche-moi, Bébé.

Ses mots, si rudes et à peine murmurés, avec cette pointe de besoin sous-jacent poussèrent son excitation d'un cran.

Connor continuait à se toucher, ses beaux muscles bronzés se contractaient à chaque mouvement qu'il faisait de haut en bas. Sa respiration semblait hachée. Ou peut-être que c'était la sienne. Elle ne pouvait plus être sûre de ce qu'elle entendait. Ses propres battements de cœur semblaient plus forts que toute autre chose.

Theron lui attrapa les hanches. Il la souleva et l'abattit fort sur sa queue, plusieurs fois. Chaque aller-retour réveillait des terminaisons nerveuses dont elle ignorait même l'existence. Son corps était une bombe à retardement géante, prête à exploser.

Connor se léchait les lèvres, sa puissance animale faisait briller ses yeux.

- Tu es tellement bandante, gémit-il. J'aime regarder tes seins rebondir pendant qu'il te baise.

Sa chatte se resserra autour de la queue de Theron. C'était tellement érotique de l'entendre dire ça.

- Je peux voir ton clitoris dépasser entre les lèvres de ta chatte, dit Connor. Tu veux que je le lèche ?

Il aimait vraiment le sexe oral, mais cela lui donnait envie de faire quelque chose pour lui.

- Pourquoi ne viens-tu pas ici pour que je puisse te soulager un peu ?

Il se leva, pour se diriger vers elle. Elle rebondissait toujours sur la bite de Theron quand il s'arrêta devant elle. Connor enroula ses cheveux autour de sa main et elle se pencha pour prendre sa queue dans sa bouche.

Il gémit. Elle aspira en serrant les joues, lui permettant de pénétrer jusqu'à sa gorge avec facilité. Sa bite n'était pas aussi imposante que celle de Theron, alors c'était plus facile de le sucer.

- Bon Dieu, tu as des lèvres tellement parfaites, gémit Connor.

- Elle a aussi une chatte parfaite, gronda Theron derrière elle.

Elle se débrouillait pour chevaucher Theron et sucer Connor sans perdre son rythme. Elle branlait Connor d'une main pendant qu'elle le suçait. Sa queue était lisse. Presque comme du velours chaud dans sa bouche. Pendant ce temps, la bite plus grosse de Theron frottait l'intérieur de son sexe comme aucun autre homme ne l'avait jamais fait.

Connor commença à entrer et sortir plus rapidement de sa bouche. Le corps de Theron se contracta sous elle. Il se redressa, prit son clitoris entre ses doigts et excita le faisceau de nerfs de celui-ci.

- Je veux que tu jouisses avec moi, gronda Theron. Je veux sentir ta chatte m'aspirer la bite et boire mon sperme.

Ses tétons lui faisaient mal tellement elle voulait jouir. Les choses qu'il disait ajoutaient encore plus d'images à l'arsenal érotique qui attaquait son cerveau. Le corps de Connor se tendit aussi.

Theron s'enfonça violemment en elle. Une fois. Deux fois. Il lui pinça la chatte et elle sortit la bite de

Connor de sa bouche pour crier.

Un nouvel orgasme beaucoup plus intense la secoua. Sa chatte se serra contre la bite de Theron. Il poussa encore douloureusement son bassin et rugit. Sa queue grandit encore, et la remplit de son sperme par saccades. Elle fut balayée par un troisième orgasme puissant en sentant sa bite presque vibrer en elle.

Elle branla encore Connor, il serra la mâchoire et rejeta la tête en arrière. Son instinct prit le dessus. Elle se pencha en avant alors que le sperme jaillissait de sa queue. Connor émit plusieurs grognements et le liquide atterrit sur les seins de Tally, puis glissa lentement sur sa poitrine et ses tétons.

Il grogna à chaque saccade jusqu'à ce que sa queue soit à moitié dure mais vidée. Tally se pencha sur le corps de Theron. Il était toujours au fond d'elle. Elle leva les mains pour se frotter les seins et se masser avec le foutre de Connor.

Celui-ci gémit en la regardant faire.

- Tu ne peux pas imaginer comme j'aime voir ça.

Elle se lécha les lèvres.

- J'ai encore plus aimé que tu jouisses sur moi.

Sa soirée initialement prévue comme un simple rencart pour une fête prénuptiale s'était transformée en une partie de jambes en l'air incroyable. Elle ne voulait pas trop réfléchir, ou elle aurait commencé à trouver toutes sortes de mauvais côtés aux heures passées.

Connor l'aida à s'écarter de Theron et la souleva dans ses bras. Elle le laissa faire sans hésiter. Ses jambes tremblaient toujours et elle ne voulait pas tomber à plat ventre.

- De quel côté est la chambre ? demanda Connor, un sourire craquant sur les lèvres.

Elle lui montra la direction et jeta un coup d'œil par-dessus son épaule pour voir Theron suivre de près.

* * *

Tally fut réveillée par une odeur de nourriture. Son ventre grogna. Elle se tourna sur le côté et cligna des yeux quand les souvenirs de la nuit précédente lui traversèrent l'esprit.

Oh mon Dieu. Elle avait couché avec deux hommes. Deux hommes incroyablement canon et compétents. Elle s'assit en hâte. Sa chambre était en désordre depuis qu'elle avait sauté dans la douche avec Connor, seulement pour entendre Theron dire qu'elle devait prendre une douche avec lui aussi. Des serviettes jonchaient le sol et des vêtements étaient jetés partout.

- Qu'est-ce que j'ai fait ? suffoqua-t-elle.

Elle sauta du lit et remua quelques vêtements par terre pour trouver sa robe de chambre vaporeuse et violette. Repérant un élastique, elle tordit la longue masse de ses cheveux bouclés et très en désordre, en un chignon au sommet de sa tête. Puis elle se précipita dans la salle de bain, se lava le visage et se brossa les dents. Pour finir, elle trouva ses lunettes sur la commode et les posa sur son nez.

Nan. Elle n'allait pas regarder son reflet ou bien elle allait sûrement avoir une légère attaque de panique.

Des rires bruyants et l'odeur du café la poussèrent vers la cuisine. Theron était assis, attablé devant une assiette, portant un bas de jogging et le torse nu. Connor était assis à côté de lui, vêtu d'un boxer et d'un débardeur, une tasse de café devant lui.

Pour combler le tout, Gerri était assise avec eux. Souriante.

- Salut… ?

- Viens ici, ma belle.

Theron donna une tape sur ses propres cuisses et lui fit signe d'approcher.

Le sang afflua soudain vers son visage. Elle n'avait jamais connu une sexualité aussi débridée que la nuit précédente, avec d'autres hommes, donc tout ça était nouveau pour elle.

- Ma chérie, tu as besoin d'une nouvelle robe de chambre, dit Gerri, le regard plongeant vers la matière qui traînait derrière Tally.

- Merci, mais j'aime bien celle-ci. Elle s'avança et manqua de trébucher.

- Eh bien, elle ne t'aime clairement pas. Gerri haussa les épaules. Viens manger. J'en ai fait assez pour tout le monde.

La table de la salle à manger de Tally, rarement utilisée, était recouverte de plats. Des œufs brouillés, du bacon, des saucisses, des crêpes, des fruits et des pâtisseries. C'était comme si un restaurant avait emménagé dans son appartement.

Elle contourna les genoux de Theron et s'assit sur le quatrième siège vide à la table. Elle ouvrit la bouche mais aucun mot n'en sortit. Franchement, que pouvait-elle dire à Gerri ? Qu'elle était en colère contre elle pour lui avoir envoyé deux des hommes les plus craquants qu'il soit ? Des hommes qui lui avaient donné plus d'orgasmes en une nuit, que ce qu'elle s'était donnée tout au long de ses trente-deux ans ? Au lieu de cela, elle alla vers la machine à café et se prépara une tasse.

- Ça va ? demanda Connor.

Son froncement de sourcils inquiet apaisa un peu ses craintes.

- Oui, ça va, mentit-elle.

Connor, Theron et Gerri se regardèrent.

- On ne dirait pas, déclara Gerri. Tu sembles en plein dilemme émotionnel.

Elle ne voulait pas, ne pourrait pas en parler avec eux. Pas question. Jamais.

- Connor, dit Theron en la libérant de l'attention sur elle. Peut-être que si nous expliquions un peu notre façon de faire, Tally comprendrait mieux.

Gerri se leva.

- Je vais retourner faire la vaisselle. Parlez entre vous.

Tally voulait les écouter, mais elle sentait aussi qu'elle devait s'adresser à Gerri. Elle n'avait pas l'impression qu'elle en aurait l'occasion tout de suite.

- Tu préfères nous parler ensemble ou l'un après l'autre ? demanda Connor en lisant le trouble en elle. Il était clairement perspicace et c'est vrai qu'elle avait du mal à leur parler à tous les deux en même temps.

Les deux hommes se regardèrent et Theron se leva.

- Je vais prendre une douche. Il se pencha par-dessus la table et l'embrassa. Je reviens bientôt, beauté.

Connor regarda l'indécision dans les yeux de Tally. Il sentait son trouble sur leur nouvelle situation. En tant que mâle Omega, son premier instinct était de la calmer.

En tant qu'homme qui la voulait comme compagne il devait s'assurer qu'elle était à l'aise avec la façon dont les choses fonctionnaient pour leur meute.

- J'ai besoin de comprendre ce que vous voulez, dit-elle d'une voix basse.

Il y avait un léger tremblement dans sa voix qui lui donna un coup de pied dans le ventre.

- Tu sais que nous sommes des métamorphes, dit-il, plus pour vérifier ce qu'elle savait déjà.

Elle sirota sa tasse de café et lui jeta un coup d'œil direct.

- Oui, mais je n'avais pas réalisé que vous partagiez vos femmes.

- Toutes les meutes ne le font pas. Les choses varient d'une à l'autre. Pour Wildwoods, partager une partenaire est une coutume et fait partie de la norme. C'est un mode de vie. Il prit sa main sur la table. D'autres meutes partagent une seule partenaire entre plusieurs membres. Nous avons aussi rencontré des meutes avec des couples simples. Rien n'est tabou dans le monde des métamorphes.

Des questions se bousculèrent dans son esprit.

- Qu'est-ce que tu veux dire, rien n'est tabou ?

Il haussa les épaules.

- Quand la chaleur frappe, les couples peuvent avoir des relations sexuelles n'importe où. Les gens se métamorphosent et ne portent pas de vêtements, il est naturel de se promener nu.

Ses yeux s'écarquillèrent et sa bouche prit la forme d'un petit O parfait.

- Tu te promènes nu ?

Il sourit. Elle ne s'en était probablement pas rendu compte, mais quand il avait dit que les gens avaient des relations sexuelles n'importe où, ses joues étaient devenues cramoisies et elle avait léché ses lèvres.

- Oui. Le sexe est naturel. Donc, la nudité aussi. Nous sommes des créatures très sexuelles.

Si elle devait faire partie de la meute, elle devait savoir dans quoi elle allait se lancer.

- Alors toi... elle s'éclaircit la gorge. Toi et Theron, vous me voulez vraiment?

- Oui.

Dieu, comme ils la voulaient.

Pour la première fois, les deux hommes et leurs animaux étaient synchronisés. Elle avait été la réponse dont ils avaient besoin. Ils la voulaient pour compagne. Et il n'y aurait pas de retour en arrière.

- Pendant combien de temps ? Elle fronça le nez.

Vous me voulez comme amante, partagée entre vous deux pendant une certaine période ? Elle poussa sa tasse sur le côté et pinça les lèvres. Alors si l'un de vous en a assez de moi, est-ce que l'autre me prend juste pour lui ? Ou est-ce que vous votez tous les deux ?

SIX

-Ne dis pas ça. Il secoua la tête. On n'est pas comme ça.

Elle se pencha sur la table, l'odeur de sa détresse se mêlant à la colère. Une nouvelle lueur d'hostilité éclaira ses yeux.

- Je suis désolée, mais je ne vois pas comment une relation en étant juste amants pourrait fonctionner à long terme.

C'était le problème principal avec les compagnes non-métamorphes. Elles ne comprenaient pas leur mode de vie différent.

- Nous sommes nés et avons grandi de cette façon.

Il savait qu'il n'arriverait pas à la convaincre, alors il se leva et fit le tour de la table. Il lui tendit la main et vit qu'elle la regardait une seconde. Elle la prit. Il se dirigea vers son long canapé et l'attira sur ses genoux. Elle lutta un moment, mais une fois qu'elle vit qu'il ne la laisserait pas partir, elle s'arrêta et soupira, vaincue. Il la déplaça pour que son dos soit appuyé sur l'accoudoir et qu'il puisse regarder son visage.

- Quelle est la chose la plus importante que tu aies toujours voulue chez un compagnon ?

- Un partenaire ? Je suppose, qu'il soit honnête et puisse m'aimer pour moi et non pour ce qu'il pense que je devrais être.

- Pense à nous comme les premiers hommes qui te donneront ça.

Il mit une boucle de cheveux derrière son oreille. Elle cligna des yeux derrière ses lunettes, curieuse.

- Qu'est-ce que tu veux dire par me donner *ça* ? Elle baissa les yeux vers sa bouche.

Il voulait tellement arrêter la conversation et l'embrasser. Elle avait les plus belles lèvres boudeuses qui soit et il ne se lasserait jamais de la voir glisser sa petite langue rose sur elles.

- Lorsque nous recherchons une partenaire, il faut que ce soit quelqu'un qui soit parfait pour nous à plusieurs niveaux. Principalement, nous devons être attirés par elle dans nos corps humains. Et son odeur doit attirer l'animal en nous.

Elle leva les sourcils, apparemment choquée.

- Attends, toi et Theron, il fallait que vous vouliez de moi et aussi vos... heu, loups ?

Il acquiesça.

- Nous n'avions pas eu de chance avant toi. Nous aimons les femmes avec des formes. C'est notre préférence. Tu es magnifique. Je n'oserais pas te comparer à qui que ce soit, car personne d'autre ne m'a fait autant envie que toi. Aucune autre femme n'a fait que Theron et moi soyons d'accord pour dire qu'elle était notre tiers et qu'elle faisait de nous un tout.

- Je... je ne sais pas quoi dire, marmonna-t-elle. Il y a tellement de femmes qui ont beaucoup plus d'expérience avec deux hommes en même temps.

- Oh, ma chérie. Il passa ses lèvres sur les siennes, ne pouvant plus se contenir. Tu es la seule. Peu importe ce que les autres femmes ont, tu as donné à notre relation le soutien émotionnel dont elle a besoin pour que Theron commande et pour que je puisse mobiliser la meute. Tu es celle dont nous avons besoin. Il y a quelque chose en toi de parfait pour nous.

- Connor, tout ça a l'air si bien, mais que se passera-t-il quand tu te lasseras de moi ? Elle semblait triste.

- Cela n'arrivera pas.

- Que veux-tu dire ? C'est arrivé avec mon ex-mari

et une foule d'ex-petits amis. J'ai la poisse avec les hommes.

- Une compagne est pour la vie. Il n'y en a pas d'autres, une fois qu'on a trouvé la bonne. Il n'y a qu'une seule compagne faite pour notre duo.

- Tu veux dire que, sans me connaître du tout, mais en se basant uniquement sur l'instinct et l'odeur, vous sentez que je suis celle avec qui vous allez passer le reste de votre vie ?

L'incrédulité était évidente dans son ton.

- Oui.

Il ne prit pas la peine de le nier.

- Connor, allez. Je suis une personne assez moderne, mais commencer une relation avec deux hommes, ce que je n'ai jamais fait, est assez effrayant. Ajouté à cela, vous voulez que ce soit un engagement pour la vie ? Je ne sais pas si tu sais, mais nous venons juste de nous rencontrer. C'est fou.

- Donne-nous une chance, Tally.

Il plongea son regard dans ses yeux et tenta de calmer la peur qu'il y voyait et les émotions tumultueuses de son cœur. C'était une femme forte, mais la peur pouvait lui faire choisir la voie qu'elle ne voulait pas pour elle.

- Je dois réfléchir.

- J'ai une idée, dit Theron en entrant dans la pièce comme elle terminait sa phrase. Il venait de s'habiller et ne semblait pas perturbé par ses mots. Il laissa à Connor accès à ses pensées à travers une connexion mentale.

Les craintes de Connor pour Tally se dissipèrent quelque peu. L'idée de Theron était saine. S'ils pouvaient le faire, alors elle n'aurait pas tous ces soucis en tête.

- Quelle est ton idée ?

Tally se tourna vers Theron.

- Que nous sortions ensemble, sourit il. C'est ce que font les humains, non ? Ils sortent ensemble pour savoir si quelqu'un est un partenaire potentiel, non ?

Elle acquiesça.

- Oui c'est ça, mais attendez, donc cela signifie que tout ce truc de compagne n'est plus d'actualité ?

- Non ! rétorquèrent-ils ensemble.

- Cela signifie que tu dois être rassurée et que nous sommes heureux de faire tout ce dont tu as besoin. Tu es notre priorité maintenant. Nous voulons que tu sois heureuse et à l'aise pour être heureux aussi, répondit Theron.

- Bien. Elle fronça les sourcils. Je dois toujours aller à ce mariage. Je suppose que c'est un bon endroit pour commencer. Mais ce n'est que le week-end prochain.

- Que dirais-tu de commencer par quelque chose de simple ? suggéra Theron. Viens faire une promenade avec moi.

Connor hocha la tête quand elle le regarda.

- Vas-y. Je pense que passer du temps à deux d'abord, avant de le faire à trois, pourrait vraiment t'aider à comprendre que ça peut marcher.

- Tu es sûr ? Est-ce que ça ne gâchera pas l'idée d'être... elle déglutit. Une triade ?

Theron sourit.

- Même pas un peu. Connor et moi nous connaissons assez bien pour savoir qu'aucun de nous d'eux n'essayerait d'écarter l'autre. Ce que nous voulons, c'est l'unité.

- Je vais prendre une douche et me changer dans ta chambre, proposa Connor. Il sentait qu'elle devait être seule pour réfléchir à ce qu'ils proposaient. Nous allons te laisser du temps pour toi. Demain, Theron pourra venir te chercher pour faire cette promenade si tu es d'accord.

La dernière chose dont ils avaient besoin, c'était qu'elle se sente forcée à quoi que ce soit. Ils voulaient qu'elle soit prête, consentante et capable d'être la femme qu'il leur fallait. Bien qu'ils sachent déjà qu'elle l'était, il fallait qu'elle en arrive à la conclusion d'elle-même. Aucune pression de leur part n'encouragerait sa confiance. Cela viendrait avec le temps.

* * *

Theron jeta un coup d'œil à Tally. Elle portait une robe longue et sexy qui l'enveloppait comme une seconde peau. Elle n'était pas serrée, elle drapait parfaitement sa poitrine voluptueuse, sa taille étroite et ses hanches larges. Il se mit à saliver dès qu'il la vit.

Elle portait ses cheveux en queue de cheval, ce qui le rendait fou. Il aimait ses boucles et voulait les voir dégringoler dans son dos. Elle repoussa une longue mèche derrière son oreille et ajusta ses lunettes. Ce look d'institutrice collet-monté n'avait jamais été aussi excitant.

Comment était-il possible qu'elle lui fasse autant d'effet ? Elle ignorait tellement sa beauté. Cela le tuerait probablement si elle continuait à mordiller et à lécher sa lèvre inférieure encore longtemps. Elle n'avait pas refusé qu'il lui prenne la main tout le temps qu'ils avaient marché dans le grand parc. Il l'avait délibérément emmenée vers celui qui bordait ses terres. C'était idiot, mais l'imaginer si près de chez lui le faisait sourire. Si seulement il pouvait soulager la confusion qu'il ressentait en elle.

- Qu'est-ce que qui t'ennuie dans le fait d'avoir une relation avec nous ? demanda-t-il.

Elle soupira bruyamment. Ils firent quelques pas

avant qu'elle réponde finalement.

- J'ai été mariée à l'abruti que vous avez rencontré il y a quelques jours. J'ai rencontré tellement d'hommes qui voulaient juste coucher avec moi ou qui cherchaient une femme pour s'occuper d'eux. Elle s'arrêta et se tourna vers lui. Franchement, j'en ai marre. Je ne veux plus de ça.

- Tu ne devrais pas avoir à le faire. Un partenaire devrait être quelqu'un qui prend ce que tu as déjà et le rend meilleur. Quelqu'un qui te rend heureux de l'avoir dans ta vie.

Son sourire triste lui brisa le cœur.

- C'est ce que nous aimerions penser. Et c'est ce que les hommes annoncent toujours. Je ne suis pas sûre d'être la bonne compagne pour vous deux. Je suis trop amère.

- Tu n'es pas amère. Tu sais ce que tu veux. Il prit sa joue et regarda profondément dans ses yeux inquiets. Tout ce que je te demande, c'est de nous laisser une chance. Surtout pas de pression. Si, à un moment quelconque, tu sens le besoin de partir ou que cela ne fonctionne pas, nous comprendrons, mentit-il.

Ils mourraient probablement sans leur tiers mais il ne le lui dit pas. Elle n'avait pas besoin d'être forcée. Elle avait besoin d'être cajolée.

Elle serra les lèvres et recommença à marcher.

- Quand j'étais enfant, je te jure que mes parents vivaient le mariage le plus fantastique. Je veux dire, vraiment génial. Ils étaient toujours en train de s'embrasser, de sourire et de rire. Je voulais vivre ça moi aussi. Elle rit mais d'une façon presque triste. Puis j'ai grandi. J'ai entendu crier derrière des portes closes. J'ai vu les bleus qu'elle essayait de cacher. Je l'ai questionnée là-dessus et tu sais ce qu'elle m'a répondu ?

Des vagues de douleur les entouraient. Il avait du mal à retenir son animal qui voulait offrir son réconfort. Il ravala le grognement menaçant de s'échapper et se rapprocha d'elle.

- Qu'est-ce qu'elle a dit ?

- Elle a dit que la tromperie était naturelle pour tout le monde. Que c'était ma responsabilité de l'accepter et de laisser faire. Elle secoua la tête. Que si je voulais que mon mariage marche, il faudrait que je comprenne quelle était ma place en tant que femme. Je ne cautionne pas ça. Je n'y crois pas une seconde et je refuse de l'accepter.

- Donc, elle était d'accord pour avoir une relation avec un partenaire qui ne s'était pas engagé à rester avec une seule personne ?

Elle hocha la tête.

- Ça va mieux maintenant. Elle a dit que la seule raison pour laquelle elle était restée mariée si longtemps, c'était parce qu'elle avait eu des aventures, elle aussi. Tout le temps qu'elle passait en dehors de la famille et des amis lui permettait de rencontrer des hommes et de s'amuser.

La poitrine de Theron lui faisait mal à cause de toute cette amertume qui débordait de ses lèvres. Elle souffrait violemment et il ne savait pas comment arrêter ça.

- Tu dois comprendre que tout le monde ne pense pas la même chose.

Elle haussa les épaules.

- Je sais. J'ai rencontré d'autres couples qui ne fonctionnaient pas comme ça. Mais la vérité, c'est que j'ai la poisse avec les hommes. Elle quitta le chemin principal du parc et grimpa sur une colline isolée couverte d'herbe épaisse. Elle s'arrêta, jeta un coup d'œil à la vue sur la forêt et s'assit. Je n'ai pas du tout de chance avec les hommes. En fait, je n'ai pas de chance en général. Vous n'avez pas besoin de ma malchance dans votre vie !

- Laisse-nous juge de ce dont nous avons besoin. Tout ce que nous voulons de toi, c'est que tu nous laisses une chance.

Elle regarda au loin.

- Je n'ai aucune expérience avec les métamorphes à part Gerri. Et c'est un sacré numéro.

Il sourit au son de son rire doux.

- C'est sûr ! Mais elle a été comme une mère pour moi et Connor.

Tally replia les jambes sous elle et se tourna vers lui.

- Comment faites-vous ?

Il vit l'intérêt et la curiosité dans ses yeux.

- Faites quoi ?

- Comment pouvez-vous partager une femme sans vous inquiéter qu'elle tombe amoureuse de l'un et pas de l'autre ou plus de l'un que de l'autre.

C'était dur comme question.

- Dans un monde idéal, tu tomberais amoureuse de nous deux. Nous voulons que tu aies un lien émotionnel avec nous deux pour créer une entente solide.

Elle hocha lentement la tête mais ne dit rien.

La brise ébouriffa des mèches de ses cheveux. Il se pencha et plaça celle collée à ses lèvres derrière son oreille. Ses yeux s'écarquillèrent derrière ses lunettes. Puis, comme pour l'émoustiller et rendre Theron complètement fou, l'odeur de son excitation parvint jusqu'à ses poumons. Le rythme cardiaque de Tally s'accéléra sous son toucher. Sa peau se mit à chauffer et elle se lécha les lèvres.

- J'espère que tu comprends. Il s'approcha, la poussa

un peu pour qu'elle s'allonge dans l'herbe, jusqu'à ce que son dos touche le sol.

- Que je comprends ?

Sa voix trembla.

- Je ne peux pas m'en empêcher.

Il fixa sa bouche et laissa la faim qu'il ressentait modifier un peu son apparence.

Ses yeux s'écarquillèrent et elle suffoqua.

- Je ne peux pas contrôler mon besoin de sentir ton corps sous moi, dit-il en se penchant sur elle. Il grogna alors qu'il s'installait entre ses jambes, le sexe blotti contre son pubis.

- Tu es si moelleuse, Tally.

Elle déglutit.

- Theron, je ne pense pas…

- C'est ça, ma chérie. Ne pense pas. Ecoute simplement ton instinct.

Il se pencha et écrasa sa bouche contre la sienne. Elle avait un goût divin. Comme le miel le plus sucré et le fruit le plus mûr. Son corps l'entourait de sa ronde douceur. Il faillit presque jouir au premier glissement de sa langue sur la sienne. Plus du tout hésitante dans ses mouvements, elle enfonça sa langue dans sa bouche et gémit. Le son qu'elle émit était incroyablement sexy. Elle répondait à chaque grognement par un gémissement. A chaque poussée, elle enroulait sa langue sur la sienne. Il tira sur l'ourlet de sa jupe et la remonta sur une cuisse. Il avait besoin de sentir sa peau sous ses paumes.

Elle plaqua son visage sur le côté en gémissant :

- Oh, Theron. C'est tellement bon.

Sa queue remua brusquement dans son jean. Il ne pouvait pas faire grand-chose pour s'arrêter de pousser contre son pubis. Elle écarta d'avantage les jambes et plongea son regard dans ses yeux.

- Fais-le. Maintenant. Ici.

Normalement, il ne se laisserait pas entraîner de cette façon. Mais ses yeux assombris par le désir et ses lèvres gonflées par les baisers, poussait son loup contre sa peau. Tout, en lui, bascula en mode plaisir. Il s'agissait uniquement de la faire décoller, maintenant.

Il traça un chemin dans le cou de Tally avec ses baisers jusqu'à l'encolure de sa robe. En tirant juste un peu, son soutien-gorge surgit de dessous la robe. La dentelle qui retenait ses seins fit apparaître ses mamelons bruns et froncés.

Elle se tortilla sous lui, la chaleur de son entrejambe rendant sa bite douloureusement dure.

- S'il te plait…

Elle gémit une petite supplication de husky qui fit

frissonner son dos. Elle ne réalisait probablement pas à quel point elle l'affectait. A ce moment, tout ce qu'il voulait, c'était lui donner du plaisir. La voir sourire et regarder son corps s'abandonner quand la jouissance la saisirait.

Il suça un mamelon à travers le soutien-gorge en dentelle, en utilisant le matériau pour ajouter une nouvelle dimension à la torture de sa partenaire.

- Oh, mon Dieu !

Elle frappa les biceps de Theron. Ses hanches se cognèrent à lui. La sensation lui tira un long grognement. Elle était tellement réactive. Au moindre toucher. Elle haletait ou miaulait ou gémissait. Si délicieusement. Si désespérément qu'il ne pouvait penser à rien d'autre qu'enfoncer son sexe profondément en elle jusqu'à ce que ses yeux se retournent et qu'elle crie en jouissant.

Il lui mordit le bout d'un sein en même temps qu'elle marquait ses bras de ses ongles. Ses yeux étaient fermés et elle inspirait et expirait bruyamment à travers ses lèvres roses.

Ils voulaient une compagne depuis si longtemps avec Connor. Celle qui les contenterait physiquement et émotionnellement. Bien qu'elle soit effrayée sur le plan émotionnel, elle était tellement parfaite à tous égards. Son corps l'excitait comme aucune autre femme ne l'avait fait auparavant. C'était peut-être du fait de son sex-appeal caché. Elle n'avait pas besoin d'en faire étalage. Sa lumière intérieure brillait à travers la peur.

Il tira sur le soutien-gorge et aspira le bout de son sein dans sa bouche. Elle haleta et frissonna en retour ce qui poussa son animal à s'exprimer. Il avait du mal à contrôler la bête. Il aimait son parfum. Il aimait son goût.

Il léchait le creux de ses seins de haut en bas, suçant, mordillant les pointes encore et encore.

- Theron... je ne pense pas pouvoir en supporter davantage.

Elle rencontra son regard. La passion qu'elle y vit fit céder les limites de son contrôle.

Il glissa la main entre ses jambes et la trouva toute mouillée. Seigneur, elle était trempée et bouillante. Il mourait d'envie de la pénétrer, de sentir sa chatte se crisper sur sa bite à chaque glissement le long de ses parois humides. En écartant ses lèvres, il glissa un doigt sur son clitoris. Elle arqua le dos, poussa sa chatte dans sa main et grogna.

- Plus. Donne-m'en plus, s'il te plaît.

Il aimait le son du désespoir dans sa voix. Ses muscles tremblaient tant elle était tendue. Il manipula lentement le clitoris, tapotant le petit bouton dur avant de s'éloigner. Il savait qu'elle n'était pas loin de jouir et voulait vraiment lui donner un maximum de plaisir.

- Oh Bébé, tu es tellement mouillée, putain. Sais-tu à quel point je veux être en toi ?

Elle laboura ses bras et son cuir chevelu avec ses ongles et attira sa tête vers ses bouts de sein pour l'obliger à les sucer.

- Suce-moi. Fais-moi jouir, ordonna-t-elle.

Mon Dieu, elle était si sexy quand elle devenait dominante et agressive. Il savait que ce n'était pas quelque chose qu'elle faisait souvent. Il sentit son hésitation habituelle la quitter. Il suça sa poitrine dodue et mordit son mamelon. Il glissa deux doigts dans sa chatte lisse et la baisa lentement, sachant qu'elle lui crierait probablement bientôt dessus pour qu'il passe à autre chose.

- Tu es... diabolique, gémit-elle. Je vais voler en éclat si tu ne te dépêches pas.

- Oh, non. Tu es exactement où je te veux, ma belle. Il lécha la vallée de ses seins et mordilla l'autre mamelon. Je veux que tu sois si désespérée que lorsque tu jouiras, ton jus coule sur ma main.

Sa poitrine tremblait quand elle respirait. Il souffla de l'air sur ses tétons. Ils se crispèrent en deux petites pointes.

Il accéléra ses mouvements, entrant et sortant de sa chatte d'abord avec deux doigts puis trois. Il pria que son érection ne fasse pas trop gonfler ses couilles parce que ça n'allait pas être un de ces moments où il pourrait se glisser dans sa chatte mouillée et la sentir se contracter autour de sa bite, comme un gant de velours.

Son souffle lui arrachait de sourds gémissements. Il regarda son visage, ses traits concentrés sur le plaisir proche. Il mordit son téton et appuya durement sur son clitoris. Elle gémit longuement. Elle lâcha un peu la prise dans ses cheveux et son corps s'amollit sous lui. Elle redevint toute moelleuse et laissa échapper un long soupir. Elle lui jeta un coup d'œil et sourit. Pas un demi-sourire non plus. C'était le sourire d'une femme qu'on venait de faire jouir à un point tel qu'elle ne pouvait pas s'arrêter de sourire.

- Je n'ai jamais fait ça dans un parc public, dit-elle, clignant des yeux pour effacer la brume du plaisir sexuel.

- Peu importe où nous sommes, Tally. Il passa sa langue sur son mamelon une fois de plus avant de lui remettre sa robe en place. Ton plaisir est ma priorité.

Il se leva, ignorant son érection douloureuse et l'aidant à se mettre sur pieds.

- Est-ce que tu peux marcher ?

Elle hocha la tête mais baissa les yeux vers sa queue.

- Est-ce que tu peux rester dans cet état ?

Il sourit.

- Ce ne sera pas la première fois que je rentre à la maison sans aucun soulagement. Je peux le supporter. Il prit son visage en coupe et l'embrassa doucement. Je voulais que ça soit pour toi. Je vais très bien comme je suis.

Il n'était pas bien du tout, mais putain, il ne voulait pas qu'elle se sente obligée de le sucer dans un parc public. Il voulait que ce moment soit à elle. Elle n'était pas obligée de rendre la pareille.

- Tu es sûr ? demanda-t-elle en regardant autour d'elle comme si elle essayait de décider quoi faire ensuite.

- Bébé, c'était tout pour toi. Je suis heureux d'attendre. Il rencontra son regard. Pour toi, j'attendrai aussi longtemps qu'il le faudra.

SEPT

Tally prit la main de Connor. Il se pencha dans le véhicule pour l'aider. Des tas de voitures de luxe étaient garées devant la façade de la salle de banquet. Le mariage de sa cousine avait enfin lieu. Ils étaient arrivés à l'église à temps pour pouvoir s'asseoir à la dernière rangée et regarder tranquillement les gens s'installer. Personne ne les avait regardés. Exactement comme le souhaitait Tally. La réception serait une autre histoire. Elle sortait avec Connor et Theron depuis une semaine.

- Tu vas devoir sortir de la voiture, ma chérie, railla Connor.

Elle avait exprimé son opinion sur son peu d'intérêt à l'égard de l'événement, mais son coup de fil avec Nita et sa grand-mère avait scellé l'accord. Elle serait présente au mariage. Pour montrer à tout le monde qu'elle était bien vivante et avec deux mecs canons à ses côtés.

- J'arrive, grommela-t-elle. Le vent fouettait ses boucles sur son visage. Elle avait laissé les lunettes pour une paire de lentilles de contacts.

- Je déteste que tu ne portes pas tes lunettes aujourd'hui, dit Theron en s'approchant de la voiture. J'ai un faible pour le look d''institutrice collet-monté.

Elle n'avait aucune idée de ce dont il parlait. Tally n'avais pas un look ouvertement sexy mais elle n'essayait pas de cacher son corps non plus. Elle portait ce qu'elle aimait. C'était généralement de longues robes fluides. Pour le mariage, elle avait décidé de porter une robe qui épousait ses formes. Connor l'avait complimentée au moins cinq fois au cours de la dernière heure.

- Je t'ai dit à quel point tu étais belle dans cette robe ? Il lui fit un clin d'œil.

Ça faisait maintenant six fois, en fait, au cours de la dernière heure.

- Je ne pense pas, non. Elle sourit. Je ne quitterai plus jamais cette robe si tu continues.

Elle les laissa la guider vers la salle de réception. Ils avaient délibérément pris leur temps pour que tout le monde soit arrivé avant eux. La réception avait lieu dans une grande salle de banquet. Un lieu de fête gigantesque connu pour accueillir des événements de premier ordre.

Elle trouva leurs noms sur le plan de table à l'entrée du hall principal. À l'intérieur, de la musique pulsait à travers de grandes enceintes. Des lumières de boîte de nuit clignotaient en différentes couleurs et un DJ exhortait la foule à venir danser le madisson.

- Je vais aller chercher des boissons, proposa Theron quand ils atteignirent leur table.

La foule applaudit à la fin de la musique. Le DJ mit ensuite un slow et invita les couples à venir sur la piste.

Connor lui prit la main.

- Allez, viens danser.

- Je ne sais pas si... Elle se releva en trébuchant et le suivit.

- Tu as envie de danser. Arrête de t'inquiéter de ce que les autres vont penser.

Il avait raison Elle voulait danser. Le DJ avait mis une de ses chansons préférées. Connor la serra contre lui, le regard plongé dans le sien.

Il abaissa son visage tout près du sien jusqu'à ce que ses lèvres touchent son oreille :

- Ne t'occupe pas des gens.

Elle rit. C'était elle qui disait ça habituellement.

Quand les choses avaient-elles changé ? Et plus important encore, se souciait-elle vraiment de ce que chacun pensait ? Pas vraiment. Elle sourit et laissa ses muscles se détendre. Jusqu'à cet instant, elle n'avait pas remarqué à quel point elle se tenait raide.

- Voilà, c'est mieux.

Leur amusement fut de courte durée. Quelqu'un les heurta par la droite. Elle ouvrit la bouche pour s'excuser mais s'arrêta à la vue de Paul et Candy.

- Tu es venue ? demanda Paul le visage n'exprimant que dégoût.

- Bien sûr que je suis venue. C'est ma famille. Elle s'arrêta de danser pour lui faire face.

- As-tu au moins pris la peine de penser à ce que ça pouvait leur faire de te voir valser avec deux hommes comme…

- Fais très attention aux mots qui sortent de ta bouche, murmura Connor de sa voix dure.

Paul lui lança un regard noir puis se tourna vers Tally.

- Tu n'as aucune honte, n'est-ce pas ?

- Je ne vois pas pourquoi tu t'inquiètes pour ma vie personnelle. Tu ne fais plus partie de ma famille.

Elle serra les poings. Connor se tenait derrière elle,

il essaya doucement de l'approcher de lui mais elle ne bougea pas. C'était son propre combat et elle allait tout gérer elle-même.

Elle vit Theron du coin de l'œil, prêt à avancer. Elle rencontra son regard et secoua la tête.

Grand-mère Kate cessa de danser avec son oncle et les rejoint.

- Qu'est-ce qui se passe ? Pourquoi vous ne dansez plus ?

Nita vient se placer aux côtés de Tally. Elle avait fait un signe à sa cousine quand elle était arrivée mais ne lui avait pas encore parlé.

- C'est quoi le problème ici ? demanda Nita, d'une voix plus que concernée. Pourquoi les empêches-tu de danser, Paul ?

Paul jeta un regard meurtrier à Nita.

- Je suis vraiment préoccupé pour la famille.

Nita et Tally croisèrent leur regard. Nita leva les yeux au ciel et Tally soupira.

- Pourquoi es-tu préoccupé, Paul ? Je ne vois aucune raison de s'inquiéter, déclara grand-mère Kate.

- Avec tout le respect que je vous dois, Kate, votre petite-fille se donne en spectacle avec ces deux hommes qu'elle a amenés au mariage, souffla Paul.

Connor laissa échapper un petit grognement et Paul fit un pas en arrière.

- En quoi ses partenaires te préoccupent-ils ?

- Je suis inquiet pour vous, Madame, déclara-t-il. Je ne voudrais pas voir votre nom et celui de votre famille entaché par les déviances sexuelles de Tally.

- Mes quoi ?! hurla Tally.

Elle allait le tuer. Cet abruti avait le culot de dire des saloperies sur elle en plein milieu d'une piste de dance bondée.

- Tu m'as bien entendu ! rétorqua bruyamment Paul. La musique s'était arrêtée et tout le monde écoutait leur dispute. Tu couches alternativement avec ces deux mecs mais ce n'est pas assez pour toi, n'est-ce pas ? Tu te crois obligée de les amener à une réunion de famille. Pour montrer à toute la bonne société quel genre de vie tu mènes.

Tally levé à la main pour le gifler mais Connor fut plus rapide. Il lui attrapa les bras et la tira en arrière.

- Il n'en vaut pas la peine.

- Laisse-la me frapper, lança Paul. Je la ferai arrêter pour agression.

- Espèce de connard ! siffla Nita. Tu penses qu'on te ferait passer avant Tally ?

Paul se tourna vers grand-mère Kate.

- Je suis désolé de le dire, mais votre petite-fille est une pute !

La foule en eut le souffle coupé. Grand-mère Kate fit un pas vers Paul, leva sa main de sexagénaire et le gifla si fort que cela résonna dans tout le hall de réception.

- Ecoute-moi et écoute-moi bien, dit doucement Kate. C'est ma famille. Talia est ma petite-fille. Tu n'es rien. Sors d'ici avant que je prenne ma canne et que je la fourre dans tes fesses de coincé.

Tally n'était pas prête d'oublier les yeux écarquillés et le visage choqué de Paul.

- Je...

- Sors ! cria Kate. Je suis trop vieille pour supporter ces merdes. D'autres pourraient laisser passer ta connerie mais pas moi. Elle se tourna vers l'oncle de Tally. Sors-le d'ici.

Celui-ci hocha la tête.

- Comme tu veux, maman.

Connor lâcha Tally. Elle commençait à s'éloigner de la piste de danse lorsque sa grand-mère l'arrêta.

- Talia, viens ici, s'il te plait.

Tally se retourna vers grand-mère Kate et s'arrêta

près d'elle. Kate attrapa la main de Tally et s'adressa à la foule.

- Voici ma petite-fille. Elle a eu des parents minables mais elle m'a moi.

- Elle nous a aussi, cria Theron.

- Et moi, ajouta Nita.

Kate acquiesça.

- Alors si quelqu'un dit quelque chose de mal sur ma Tally, il verra un côté de ma personne que peu de gens connaissent. Elle n'est pas seule.

Les yeux de Tally se remplirent de larmes. Elle n'a jamais eu besoin de personne pour la protéger ou la défendre. Mais voilà, elle était entourée de sa grand-mère, Connor, Theron et Nita, qui lui montraient à quel point elle était exceptionnelle.

- Remettez la musique, dit Kate au DJ. On n'a pas fini de danser ici.

* * *

Tally se mit à nouveau à rire.

- Theron, si tu n'arrêtes pas d'appuyer à cet endroit je ne vais pas pouvoir cesser de me tortiller.

Il leva le pied jusqu'à son visage.

- Quel endroit ? Ces pieds sont tellement minuscules.

Elle rit de nouveau. Leur tentative de massage des pieds avait bien commencé mais avait tourné à une session de chatouilles. Elle était allongée sur le canapé, le buste sur les cuisses de Connor et les pieds sur Theron.

- Mes pieds ne sont pas minuscules. Tu ferais mieux d'arrêter de dire ça.

- Si, ils sont tout petits, acquiesça Connor, en dégageant les boucles de son visage.

- Vous êtes aveugles tous les deux ? Vous ne voyez pas comme ils sont enflés ?

Elle jeta un coup d'œil vers les yeux rieurs de Connor.

- C'est toi qui as décidé de danser toute la nuit.

Elle gémit.

- Je sais, mais comment pouvais-je danser autant avec toi et pas avec Theron après ?

Theron ricana.

- J'étais plus qu'heureux de te regarder danser. Je te l'ai déjà dit.

Elle secoua la tête, le regardant frotter ses chevilles en cercles.

- Je me sentais coupable. Je veux que vous sentiez

que je passe autant de temps avec chacun d'entre vous.

- Tally, nous ne manquons pas de confiance en nous. Nous sommes unis, pas en compétition, répondit Theron.

Si seulement elle pouvait s'en souvenir. La plupart du temps elle s'inquiétait tellement de donner à l'un l'impression qu'il était moins désiré que l'autre, qu'elle en faisait des tonnes.

- Je me suis bien amusée ce soir, dit-elle.

En se remémorant tous les événements familiaux passés, aucun n'arrivait à la cheville du mariage de sa cousine.

- Ta grand-mère a été plus que claire avec Paul, ricana Connor.

- Oh mon Dieu, tu l'as entendue quand elle a dit qu'elle fourrerait sa cane dans ses fesses ?! Si je n'avais pas été si en colère, j'aurais éclaté de rire.

- Tu sais, elle avait raison, dit Theron, la regardant en souriant. Tu n'es pas seule. Tu nous as aussi.

Elle voulait s'ouvrir à eux et dire quelque chose de sentimental mais elle se retint. Elle avait analysé ses sentiments et en était arrivée à la conclusion qu'il y avait quelque chose de plus profond entre eux trois. Quelque chose qu'elle ne pouvait pas encore nommer, mais à laquelle elle souhaitait consacrer plus de temps pour que cela se développe.

- Merci, ça me fait plaisir.

HUIT

-Alors rappelle-moi encore pourquoi le fait d'avoir deux hommes qui te désirent, deux hommes pour qui chaque femme serait capable de meurtre, est une mauvaise chose ?

Nita sourit à la serveuse qui leur apportait leurs cafés et des gâteaux.

- Je ne dis pas que c'est une mauvaise chose qu'ils me désirent, marmonna Tally.

Peut-être. OK, elle ne pensait pas que c'était mal qu'ils la désirent. Bon sang, c'était comme si son rêve le plus érotique s'était réalisé. Deux mecs super chauds qui la désiraient, qui voulaient s'assurer qu'elle ne voie pas seulement leur propre intérêt, mais qu'elle se sente désirée.

- Alors pourquoi tu fais cette tête ?

Nita mit comme d'habitude trop de sucre et de crème et sirota son café.

- A cause de l'histoire de ma vie, Nita. J'ai la poisse avec les hommes. Et ces gars-là sont tellement...

Merveilleux. Elle ne voulait rien dire, mais ces dernières semaines elle était sortie dîner, au cinéma, faire des promenades et voir des spectacles avec l'un ou l'autre. Et le sexe ? Le meilleur porno n'arrivait pas à sa cheville. Ils faisaient la meilleure équipe sur le marché. L'un se concentrait sur une partie de son corps tandis que l'autre s'occupait d'une autre jusqu'à ce qu'elle supplie l'un ou les deux de la baiser. La chaleur envahit ses joues. Elle avait perdu toute once d'inhibition et avait laissé libre cours à des pulsions sexuelles dont elle ignorait l'existence chez elle.

- Tellement quoi ? demanda Nita en la ramenant au présent.

- Tellement sympas ! Ils méritent une femme bien comme compagne. Pas une fille peu sûre d'elle, amère et grosse qui déteste les hommes et qui voudra les attacher dans un placard pour que personne d'autre ne mette ses griffes dessus, dit-elle franchement.

- Tout d'abord, tu n'es pas grosse. Tu as des formes. Et puis on s'en fout si t'es grosse d'abord. Moi aussi je le suis et on des bombes !

- Je sais. Je n'ai pas dit qu'on était nulles. Jusqu'à ce

que je rencontre ces deux-là, je n'avais jamais eu honte de mon corps. Je suis plutôt satisfaite de ce que je suis. Je sais que je ne serai jamais une femme mince. Je sais que je ne peux pas porter les tailles que la plupart des femmes portent et ça me va. Je n'ai pas de problèmes avec ça. J'ai un problème avec le fait qu'ils font ressortir mon manque d'assurance.

Elle regarda le gâteau dans son assiette. Si seulement cela pouvait résoudre tous les problèmes de sa vie. Il n'y avait pas de réponse aux choses à part prendre des risques. Elle n'aimait pas l'idée de prendre une décision qu'elle regretterait plus tard. Elle se sentait comme si elle avait déjà gaspillé tout le temps qu'elle allait perdre dans une relation inutile.

- Laisse-moi te poser quelques questions, dit Nita. Comment te sens-tu avec Connor ?

Elle sourit.

- Il est tellement adorable. Tellement concerné par mes sentiments tout le temps. Il a ce… ce truc où il sait quand je me sens inquiète ou triste et il va me serrer dans ses bras sans dire un mot.

Les manières de faire de Connor avaient vraiment fait sauter beaucoup de verrous en elle. Elle avait essayé de le garder à distance mais c'était inutile. Son souci constant et ses attentions permanentes à son égard avait prouvé que ses sentiments étaient sincères.

- Je pense que le truc le plus important dans tout ça c'est qu'il appréhende tellement ma rencontre avec leur meute.

A chaque fois qu'ils en parlaient, Connor fronçait les sourcils ou la serrait plus fort comme s'il espérait la protéger du peuple qu'elle serait amenée à rencontrer si elle acceptait leur proposition.

- Et avec Theron ? la pressa Nita. Comment te sens-tu avec lui ?

Oh, Theron, par tous les saints des vilaines bêtises. Theron avait la libido de l'homme de ses rêves. Il était plus rude, plus brutal et plus sauvage au lit. Il voulait lui faire des choses qu'elle n'avait jamais imaginées. Alors que Connor avait le côté le plus doux de l'homme de ses rêves, Theron était le motard costaud, arracheur de culottes qui pouvait la baiser comme une brute et la laisser toute tremblante après.

Ensemble, ils constituaient l'homme parfait. La combinaison parfaite pour elle. Mais le temps passait et il faudrait bientôt qu'elle leur dise si elle était prête à être leur compagne ou s'ils devaient continuer à chercher quelqu'un d'autre.

- Tally, hou, hou ?

- Theron est incroyable au lit. Il a un sens de l'humour fantastique et si je pouvais mettre ces deux-là en bouteille, on aurait la recette parfaite de l'homme dont toutes les femmes rêvent.

Nita posa violemment sa tasse sur la soucoupe.

- Je ne comprends toujours pas quel est ton problème !

Tally observa sa cousine la regarder méchamment pour la première fois depuis des années.

- Qu'est-ce qu'il y a, Nita ?

- Ecoute-moi, bien. Tu as deux hommes, que tu viens de décrire comme le rêve de toute femme, qui te lèchent les escarpins et qui sont prêts à faire toutes tes volontés. Des hommes qui offrent leur protection, leur amour, leur dévotion et une relation que personne ne souhaiterait gâcher et tu n'arrives pas à te décider ?!

Elle se mordit la lèvre et détourna les yeux. Nita avait raison. C'était quoi son problème ? Quand rencontrerait-elle deux hommes aussi prêts et désireux de faire d'elle le centre de leur existence ? Pas de sitôt, voire même jamais.

- Tu as raison. Je suis tellement bête.

Nita sourit.

- Tu n'es pas bête. Tu as juste peur d'essayer quelque chose de nouveau. Mais il y a quelque chose que tu as oublié dans ta quête de tout ce qui ne va pas chez ces deux types.

- Quoi ?

- Tu as déjà une relation avec eux, sinon ils ne vivraient pas pratiquement chez toi. Tu dors avec eux deux. Tu couches avec les deux. Bon sang, tu te douches avec l'un, puis l'autre. Elle ricana. Je parie que tu te doucherais avec les deux ensembles si ta douche n'était pas si microscopique.

Elle rougit et regarda autour d'elle.

- Hé, ce n'est pas parce que je suis prête à donner une chance à cette histoire de compagne que je veux que le monde entier soit au courant de ma vie sexuelle.

- Bien, mais tu as vraiment besoin de donner à ces hommes, la partenaire dont ils ont désespérément besoin. Nita lui caressa la main. « Ils ont été patients avec toi pendant presque deux semaines. Ils ont besoin que tu fasses un geste. » Nita planta son regard dans le sien. « Tu n'es pas une minable, d'abord. Tu es une femme sûre d'elle-même qui sait ce qui est bon et ce qui ne l'est pas. Est-ce que c'est bon pour toi ? Est-ce que ces hommes te rendent heureuse ? Il n'y a que toi qui connais la réponse. »

Elle réfléchit aux questions de Nita pendant le reste de la journée. Elle avait raison, Tally était désormais capable de juger ce qui était bon pour elle. Elle savait que Connor et Theron avaient plus qu'un simple intérêt pour tout ce qui la rendait heureuse. Ils avaient transformé toute la situation de manière à ce qu'elle comprenne qu'une relation entre les trois pourrait fonctionner. Aucun des deux ne l'avait forcée à leur donner plus d'attention qu'elle ne le souhaitait.

Ils étaient tellement soucieux de ces moindres désirs qu'elle en était choquée. Elle avait baissé la garde un soir quand Connor s'était présenté avec sa glace préférée. Il avait dit qu'elle allait en manquer. C'était sa préférée quand ils regardaient la télévision le soir. Qu'il remarque ça, était bien au-delà de ce qu'elle avait jamais attendu de quelqu'un.

Même Theron, le grand loup hyper-sexe, avait trouvé des moyens de la faire se sentir aimée quand elle n'en avait pas conscience. Il lui avait fait des câlins et des baisers à chaque fois qu'ils s'asseyaient pour faire des choses aussi simples que discuter. Chaque fois qu'ils marchaient quelque part, il lui prenait toujours la main. C'était toutes ces petites choses qui venaient s'ajouter aux plus grandes qu'elle essayait de nier. Les sentiments évidents qu'elle avait pour eux.

Les nier ne les ferait pas disparaître. Ils tenaient à elle et elle à eux, bon Dieu. Il était temps d'arrêter de jouer et de leur apporter enfin ce dont ils avaient besoin. La réponse à la question : veux-tu être notre compagne. Ils n'en avaient plus reparlé sauf les quelques fois où ils avaient abordé le sujet de sa rencontre avec la meute. Mais elle savait qu'ils attendaient anxieusement qu'elle se décide.

Ce soir-là, elle rentra à la maison et trouva le repas sur la table, des bougies allumées et du vin au frais. Theron était sur le canapé en train de regarder un match et Connor lisait un journal.

Elle s'arrêta à la vue des deux hommes. Son estomac se crispa quand ils lui sourirent. Son cœur se remplit d'une émotion qu'elle ne voulait pas encore définir.

- Il faut qu'on parle, annonça-t-elle brusquement.

Leurs sourires faiblirent. Ils se regardèrent, puis tournèrent à nouveau les yeux vers elle.

- Tally, si quelque chose ne va pas... commença Connor.

Elle leva la main et le coupa.

- Arrête, s'il te plaît. J'ai besoin de parler. Vous devez tous les deux m'écouter.

Ils hochèrent la tête mais restèrent silencieux. Elle posa son sac sur une chaise et fit glisser ses escarpins. Pour se détendre, elle frotta ses orteils contre le doux tapis beige et soupira. La douceur lui permit comme toujours de reprendre son souffle et de se concentrer sur ce qu'elle voulait dire.

- Bon, vous avez dit tous les deux que vous vouliez d'une relation sérieuse avec moi, c'est ça ?

Double hochement de tête à nouveau.

- Et vous avez tous les deux promis d'être fidèles et de ne pas chercher une autre femme pendant que nous serions ensemble, dit-elle, reprenant leurs propres mots. J'ai pris une décision. Je ne sais pas comment ni pourquoi vous deux avez décidé que j'étais la femme qu'il vous fallait.

Elle les regarda tous les deux, aimant la concentration féroce de Theron sur chacun de ses mots et le sourire encourageant de Connor. « Je serai votre compagne. Elle s'éclaircit la gorge. Si vous voulez toujours de moi. »

Les deux hommes bondirent sur leurs pieds.

- Bien sûr que nous voulons toujours de toi ! rugit Theron.

- Tu es la seule femme que nous voulons, ajouta Connor.

Elle se balançait d'un pied sur l'autre, ne sachant que faire. Connor hocha la tête vers Theron, qui se dirigea vers elle. Il la prit dans ses bras et la porta dans la chambre.

- Qu'est-ce que tu fais ? s'exclama-t-elle en jetant les mains autour de son cou pour s'accrocher.

- On va faire de toi notre compagne.

Il frotta son visage sur sa joue.

- Maintenant ? couina-t-elle.

Elle ne s'attendait pas à ce que cela se produise tout de suite. Elle pensait qu'il y avait une sorte de… rituel ou quelque chose qui devait se passer. Comme quand on se mariait. Mais pas chez les métamorphes apparemment. Ce qui l'amena à penser qu'elle avait encore beaucoup de questions à poser sur leur espèce.

Connor suivit directement derrière eux. Il enleva ses vêtements, laissant tomber tous les articles en chemin. Elle se mordit la lèvre à la vue de son corps musclé et sexy. Il n'était pas tatoué partout comme Theron. Au lieu de cela, son corps était une pure perfection musclée. Sans poils, et lisse. Elle aurait pu le lécher pendant des heures.

Elle baissa les yeux vers son sexe complètement dressé. Elle saliva. Merde, qu'est-ce qu'elle aimait toucher son corps. Qu'il la touche aussi. Bon Dieu, quand ils la touchaient tous les deux en même temps, c'était le point culminant de sa journée. Les jours où ils la traitaient tous les deux comme une sorte de déesse, elle s'endormait un sourire aux lèvres. La plupart du temps, elle se réveillait encore avec.

Theron la laissa tomber sur le lit. Elle atterrit sur les douces couvertures, les jambes écartées. La pudeur s'était enfuie par la fenêtre. Connor chercha quelque chose dans le tiroir de sa table de chevet pendant que Theron se déshabillait. Il bandait lui aussi et sa bite était si grosse et si raide qu'elle mordit sa lèvre pour ne pas gémir d'envie.

- Viens ici, ordonna Theron. Ses traits se durcirent mais il resta sous forme humaine. Même si son animal voulait prendre le contrôle.

Elle rampa vers lui sur le lit. Quand elle atteignit le bord du lit, il regarda sa bouche, les yeux brillants et dorés.

- Es-tu très attachée à cette robe ?

Elle cligna des yeux. Seigneur, cette voix profonde mettait le feu à son sang.

- Pas vraiment.

- Bien.

Il lui caressa la joue et glissa la main vers le bas si doucement qu'elle fut surprise par le faible bruit du tissu qu'on déchire.

Elle jeta un coup d'œil pour voir le devant de sa robe. Theron saisit le tissu et en dégagea son corps avec tant de délicatesse qu'elle se demanda si c'était vraiment lui qui le faisait. Son soutien-gorge et sa culotte subirent le même sort. Elle était nue sur le lit.

Connor fit le tour du lit avec un flacon de lubrifiant. Elle déglutit, ses hormones s'affolèrent. Theron glissa la main dans ses cheveux. Il l'embrassa violemment. Leurs lèvres et leurs langues se mélangèrent et se heurtèrent. Une lutte de domination s'ensuivit. Elle ne craignait plus d'être timide avec l'un ou l'autre. Elle avait autorisé la femme exigeante en elle à s'exprimer. Elle prenait ce qu'elle voulait d'eux. Ses sentiments pour eux lui avaient permis d'ouvrir la porte à la confiance dans le fait qu'ils répondraient à ses besoins au lit comme ailleurs. Et maintenant, elle n'en avait jamais assez avec eux.

Theron prit sa lourde poitrine dans ses mains. Il la modela et la pressa dans ses paumes calleuses. Elle gémit en l'embrassant. Il lui pinça les bouts, caressa et malaxa ses seins. Mon Dieu qu'elle aimait ça. Toutes ces sensations envoyèrent des décharges électriques dans son clitoris. Elle était humide, une pulsation lancinante commença à envahir tout son sexe. Son corps brûlait pour ses deux hommes.

Il pressa ses seins l'un contre l'autre et interrompit leur baiser.

- Tu sais que j'adore sucer tes tétons. Tu as des seins magnifiques et j'adore te regarder quand je les suce.

Elle inspira brusquement, son cerveau était en vrac. Sa peau était en feu. Le besoin de les avoir tous les deux en elle la frappa si fort qu'elle en perdit le souffle. Voilà ce qui la satisferait pleinement. Que les deux hommes la prennent. La possède. Fasse d'elle la leur.

- Allonge-toi, ma belle.

Theron rampa sur le lit en même temps qu'elle s'appuyait sur les oreillers. Elle écarta rapidement les cuisses. Son regard affamé et possessif ne faisait qu'ajouter à l'incendie qui fait rage dans son sexe.

Il enroula ses bras musclés autour de ses fortes cuisses et inhala.

- Tellement sucrée, putain. C'est comme si je mangeais des baies mûres à chaque fois que je goûte ta peau.

Sa bouche devint toute sèche. Sa langue lui collait au palais. Connor fit le tour du lit, ses yeux étincelaient également d'un or brillant.

Elle haleta. Les lèvres de Theron effleurèrent son clitoris au même moment où Connor se penchait pour l'embrasser. Leur baiser commença doucement. Un simple balayage de ses lèvres sur les siennes. La langue de Theron se pressait sur sa fente jusqu'à son cul. Elle grogna dans la bouche de Connor. La sensation de Theron en train de lui baiser la chatte envoya une vague de crème couler dans ses sillons.

Il grogna. Elle glissa une main dans ses cheveux et agrippa une mèche alors qu'elle glissait l'autre main entre ses jambes pour trouver sa queue. Elle le branla fermement. Sa prise serrée et les secousses le firent gémir en un rien de temps.

Theron rugit en frottant sa langue sur sa chatte. Il lécha ses plis lisses et trempés. Jusqu'à son clitoris et jusqu'à son anus. Encore et encore. Elle suçait la langue de Connor en souhaitant que ce soit sa bite, mais son cerveau ne pouvait pas penser à autre chose qu'à la sensation merveilleuse de Theron en train de lui bouffer la chatte comme s'il mourrait de faim et que c'était son dernier repas.

Elle branla Connor, sentit l'humidité ruisseler sur sa main et utilisa les quelques gouttes de sperme pour enduire son sexe et continuer à le branler. Connor pinça ses tétons. Elle était si excitée quand on lui pressait, caressait ou malaxait les seins.

Elle s'éloigna de la bouche de Connor pour bafouiller :

- Oh, là, là, mon Dieu…

Connor ne fut pas découragé. Il s'empara à nouveau de ses lèvres pour l'embrasser goulûment en enfonçant sa langue dans sa bouche. Il frottait et enroulait sa bouche sur la sienne comme un serpent en pleine danse d'accouplement.

Theron passa rapidement la langue en cercle sur son clitoris. Il ne s'arrêta pas. Ni quand elle commença à s'agiter ou à essayer de reprendre son souffle tout en embrassant Connor. Ni quand Connor la pinça plus fort et qu'elle se perdit dans les sensations des deux hommes en train de jouer avec son corps comme avec un instrument de musique.

Connor fit une traînée humide en la léchant de ses lèvres à sa poitrine. Il suça un de ses mamelons en le prenant tout entier dans sa bouche. Il gémit alors qu'il recommençait d'un sein à l'autre.

Theron bougea plus vite sa langue. Ses succions devinrent plus rudes. Finalement, il prit son clitoris dans sa bouche et frotta ses dents sur ce faisceau de nerfs palpitant tout en l'aspirant entre ses lèvres. Elle se mit à haleter. Elle s'étouffait presque. Les deux hommes la mordirent en même temps et elle cria. La tension se brisa en elle alors qu'une vague de plaisir intense la parcourait, de la chatte jusqu'à ses flancs. Elle se sentait comme en apesanteur. Comme si tous ses os s'étaient liquéfiés et qu'elle ne pouvait même plus faire fonctionner ses poumons.

Connor la souleva dans ses bras. Elle essayait toujours de reprendre son souffle quand il s'assit au bord du lit et la posa à califourchon sur lui. Elle agrippa ses épaules et posa une cuisse de chaque côté de lui puis se laissa glisser. Il tenait sa queue alors qu'elle descendait sur ses genoux. Il fit glisser son membre d'avant en arrière, en utilisant son jus pour le lubrifier. Un souffle plus tard, il tirait ses hanches vers le bas, la pressant de prendre sa bite dans son sexe glissant.

- Ah !

Elle adorait sentir qu'il étirait sa chatte pour lui frotter l'intérieur du sexe. Elle commença immédiatement à le chevaucher, le corps prêt et humide, à la recherche d'un nouvel orgasme tout proche.

Connor se pencha en arrière, il la tira vers lui. Puis Theron fût là, avec sa main caressant les courbes de ses fesses jusqu'à son anus.

Il lui demanda :

- Sais-tu comment nous allons faire de toi notre compagne ?

Elle secoua la tête, un frisson chaud parcourut sa colonne vertébrale.

Theron pressa ses lèvres sur son épaule droite.

- On va te baiser en même temps. Connor sera dans ta chatte. Il grogna. Je l'adore mais aujourd'hui, je vais prendre ton adorable derrière sexy. Il empoigna ses larges fesses et serra fort. Je vais glisser ma bite dans ce petit trou pour te sentir m'enserrer étroitement. Il lécha sa colonne vertébrale. « Puis, je jouirai dans ton cul en même temps qu'il jouira dans ta chatte. » Sa voix devint plus grave. Plus rocailleuse. « Et tu sais ce qui se passera après ça ? »

Elle gémit et déglutit difficilement.

- Non…

NEUF

Connor continua de l'exhorter à le chevaucher. Elle aimait sentir sa bite en elle. Mais les avoir tous les deux... c'était quelque chose qu'ils n'avaient pas encore fait. Quelque chose qu'elle mourait d'envie d'essayer mais n'avait pas suggéré par peur qu'ils rejettent l'idée.

- Après ça, je vais baiser ta chatte et lui ton cul et on recommencera, gronda Theron. Jusqu'à ce qu'on t'ait tous les deux prise et remplie de notre semence. On te mordra tous les deux et là, tu seras notre. Personne d'autre ne pourra jamais te réclamer parce que tu porteras nos odeurs sur toi. Nos marques. Tu seras entièrement à nous.

Elle faillit jouir rien qu'en l'écoutant parler. Connor leva les mains pour prendre ses seins et caresser leurs pointes de son pouce.

- Tu es tellement sexy, Tally, dit-il doucement. Ton

corps est magnifique et j'aime être en toi.

Elle n'eut pas le temps de dire quelque chose, dans tous les cas elle n'était pas en état de le faire. Theron fit couler une traînée de lubrifiant dans sa raie des fesses. Puis il introduisit un doigt dans son cul pour y déposer le liquide en faisant des cercles. Elle se tortilla sur la bite dure de Connor, prise entre l'envie de le chevaucher et d'attendre de voir ce que Connor allait faire. Il ajouta un deuxième doigt et la brûlure s'amplifia sur les muscles de son anus.

- Ne te crispe pas, ma chérie, murmura Theron en faisant des vas et viens avec ses doigts entre ses fesses. Au début, lentement puis avec une vitesse et une fréquence accrues.

- C'est bien, laisse tes muscles se détendre. Prends mes doigts.

Il les plongea profondément dans son trou du cul. Dedans. Dehors. Ensuite, il ajouta un troisième doigt.

Connor colla ses lèvres à son mamelon et il le suça fort. Elle s'agita sur ses cuisses. Sa chatte se contracta sur sa bite quand elle se concentra sur ses mouvements et ceux des doigts de Theron. Elle donna un coup de reins en arrière, voulant que Theron continue à frotter ses doigts en elle une fois que l'inconfort de la brûlure eut disparu.

Il les sortit et Connor s'attaqua à son autre sein. Il le

suça partout. Fort. Brutalement. C'était tellement pas son genre et c'était tellement bon. Elle oublia complètement Theron jusqu'à ce qu'il enfonce la tête de son nœud lubrifié dans le trou de son cul. La brûlure reprit, mais pas autant qu'auparavant.

- Putain, gémit-il, en respirant dans son oreille. Tu es tellement étroite. Je peux à peine m'enfoncer. Relâche ces muscles et laisse-moi entrer, Bébé.

Elle recula les fesses. Le coup secoua la bite de Connor dans sa chatte et elle gémit sous la sensation. Theron se pressa contre son cul. Il enfonça son membre vigoureux lentement en elle. Avant qu'elle le sache, il était là. Les deux hommes profondément installés et la remplissant toute.

- Seigneur. Que quelqu'un bouge ou je vais mourir, gémit-elle.

Theron recula jusqu'à ce qu'il soit complètement sorti et ensuite poussa jusqu'au bout. Pas fort, mais pas aussi doucement qu'avant. Elle s'agita sur la bite de Connor. Ensuite, les deux hommes prirent le contrôle. Connor la souleva et souleva ses propres hanches pour s'enfoncer en elle au moment même où Theron se reculait. Quand Theron poussait en elle, Connor se reculait. Les deux hommes la travaillaient avec une vitesse et un rythme incroyables. Elle s'agrippait aux bras de Connor, toutes griffes dehors.

- Oh mon Dieu. Oh mon Dieu. Oh mon Dieu ! Haaaa…

Elle ne semblait pas pouvoir reprendre son souffle.

Son cul et sa chatte se contractaient en tandem avec les poussées et les retraits des garçons. Elle n'avait jamais rien ressenti de pareil. Les frissons dans son ventre se transformèrent en une étincelle électrique qui illumina chaque cellule de son corps. Elle gémit longuement. Il n'y avait pas de mots pour décrire à quel point cela avait été incroyablement bon d'être prise en même temps par les deux hommes qu'elle désirait. Une nouvelle émotion se déverrouilla dans son cœur.

Theron lécha l'arrière de son épaule droite. Il envoya un coup de reins, plus fort, plus profond. Chaque mouvement lui tirait un nouveau gémissement. Connor passa sa langue sur le devant de son épaule droite. Les deux hommes la baisaient et la léchaient en même temps. Elle ne pouvait plus former une phrase ou une pensée cohérente.

Connor passa une main entre les lèvres mouillées de sa chatte. Juste là où son petit clito sortait de son capuchon.

- Allez, Tally, gémit Theron dans son dos. Lâche tout, Bébé.

Connor frottait le petit bouton avec son pouce, d'abord lentement, puis plus fort. Plus durement.

Jusqu'à ce qu'elle ne puisse plus que sentir la tension exploser et son corps frissonner sous l'orgasme presque douloureux qui la submergea à nouveau. Des vagues de plaisir la secouèrent de la tête aux pieds. Theron et Connor grognèrent ensemble et lui mordirent l'épaule en même temps. Elle gémit. Les morsures douloureuses la firent jouir si fort qu'elle failli s'étouffer.

Leurs mouvements devinrent saccadés, jusqu'à ce qu'ils s'arrêtent ensemble, mais d'abord Theron rugit dans son dos puis Connor fit de même, les dents toujours serrées dans sa chair. Les deux hommes jouir ensuite en elle. Violemment. Profondément. Pendant de longs moments, leurs membres pulsèrent et éjaculèrent de la semence chaude dans son cul et sa chatte. Elle n'aurait pas pu bouger même si elle l'avait voulu. Elle était prisonnière du bras de Theron autour de sa taille.

Ils se laissèrent tomber sur le flanc. Connor se retira en premier, puis Theron suivit lentement. Sa queue humide nichée entre ses fesses. Elle gémit et ronronna comme un chaton pendant qu'ils lui caressaient à nouveau les seins, la taille et l'embrassaient partout. Depuis son cou jusqu' à ses épaules, ils embrassaient tout ce qui était sur leur passage. Theron glissa une main vers ses seins et caressa un mamelon. Connor parcourut ses hanches d'une main et l'empoigna.

- Tu es à nous maintenant, murmura Theron. Il n'y aura personne d'autre pour toi ou nous.

Elle soupira. Elle le savait déjà. Elle n'avait pas pris la décision à la légère. Ils ne formaient peut-être pas un couple conventionnel mais elle n'avait jamais eu de chance avec les choses conventionnelles. C'était une nouvelle étape dans sa vie et elle devait choisir ce qui la rendait heureuse.

Theron et Connor la rendaient heureuse.

- J'ai encore envie d'être en toi dit Theron en l'embrassant derrière l'oreille.

La chair de poule courut sur ses bras.

- Ah bon ? gémit-elle en se retournant pour lui faire face.

Il sourit, les yeux brillants et dorés.

- Oh, mon cœur. Je veux tout le temps être dans ta chatte étroite.

- Et c'est mon tour de prendre ton cul, gronda Connor derrière elle. Il glissa un doigt entre ses fesses et dans son trou du cul. Les muscles de son anus l'aspirèrent. Putain, c'est génial !

- Je pense qu'une douche s'impose d'abord, marmonna-t-elle.

- Non, rétorquèrent-ils à l'unisson.

- Notre processus d'accouplement n'est pas terminé tant que nous ne t'avons pas eu tous les deux. De toutes les manières possibles. Theron se lécha les lèvres. Une fois que ce sera fait, alors tu pourras prendre tous les bains chauds que tu veux. Jusque-là… Il attira son visage et l'embrassa. « On baise. »

Bien qu'elle ne soit pas habituée aux manières animales et au besoin d'avoir des relations sexuelles cochonnes, elle avait vraiment apprécié d'avoir Connor et Theron en elle en même temps. C'était quelque chose auquel elle pourrait facilement s'habituer.

- Très bien. Baisez-moi. Tous les deux. Mais après vous avez intérêt à me donner quelque chose à manger.

* * *

- Aujourd'hui, nous allons rendre visite à notre meute, déclara Theron deux jours seulement après leur accouplement.

- Tu es sûr ? En fait, je pensais que ça vous inquiétait que je rencontre les femmes de votre meute, grommela-t-elle.

Elle n'aimait pas qu'ils partent chacun leur tour régler leurs affaires avec la meute de Wildwoods et qu'elle reste seule avec l'un d'entre eux. Bien que cela lui permit de passer du temps seule avec l'autre partenaire, elle aurait aimé que ce soit de leur plein gré et non pas parce qu'ils avaient peur de la présenter à leur entourage.

- Elles s'habitueront à toi. Ou elles auront affaire à moi.

- Et si elles ne m'aiment pas ? maugréa-t-elle.

- Alors je les ferai changer d'avis.

Elle secoua la tête en souriant.

- Tu ne peux pas tout régler pour moi, Theron. Je dois être capable de gérer ta meute moi aussi si elle doit faire partie de ma vie.

- Oui, mais je suis là pour ça. Je suis l'alpha. Tu es ma compagne. Et je ne laisserai personne te manquer de respect.

- Je m'inquiète plus que tu ne me lâches pas des yeux tant que tu n'as pas eu ce que tu voulais de mon corps.

Il lui lança un regard brûlant.

- Tu me connais tellement bien maintenant. Tu t'es habituée à mon genre de sexe.

C'était vrai, et bon sang, comme elle aimait ça.

- Tu veux dire toute la journée, genre, chaque jour ?

Elle commençait à s'habituer aux douleurs de la plus longue nuit de sexe de tous les temps. Elle l'avait appréciée, mais bon sang ils l'avaient défoncée. Bien sûr, le simple fait d'y penser la fit mouiller instantanément.

- J'aime cette odeur, dit-il avec un sourire diabolique.

- Oh, ça va hein, tu me fais ça à chaque fois que tu me regardes, grommela-t-elle.

Il s'assit sur l'accoudoir du canapé.

- Je veux que tu aies toujours ce besoin pour moi. Pour nous. Je veux que tu mouilles quand Connor et moi on te regarde. Quand quelque chose te fait penser à nous. Tu es à nous et cela signifie que nous voulons que tu veuilles être avec nous. Tout le temps.

Elle renifla.

- Cela ne m'aide pas quand je dois aller travailler, tu sais.

Il éclata de rire et la serra dans ses bras. Elle entoura son cou de ses bras et se pencha sur lui.

- Je sais mais c'est toi qui as décidé de continuer à travailler. Nous t'avons donné la possibilité d'arrêter.

Elle secoua la tête.

- Pas question que je dépende de vous financièrement pour le restant de ma vie. Je suis une femme indépendante. Je m'assume toute seule.

Il glissa ses mains dans son dos et appuya sur ses fesses jusqu'à ce que son pubis soit collé à son érection.

- Oh, Theron, arrête...

- Non. Tu es ma compagne et je veux te baiser à chaque heure du jour et de la nuit. Tu as un corps qui me fait tellement bander que je n'arrive plus à réfléchir à quoi que ce soit.

Elle abandonna. Hé, de qui se moquait-elle ? Elle aussi elle avait envie qu'il la baise. Elle se retourna et passa la robe par-dessus sa tête. Il était si facile à exciter. Il grogna et elle rigola.

- Connor sera triste d'avoir raté ça !

- Il pourra passer du temps seul avec toi plus tard, sourit Theron.

C'était le truc incroyable avec eux. Ils savaient tous deux qu'elle devait passer du temps avec chacun pour que leur relation individuelle s'approfondisse. C'était ce qui rendait l'accouplement beaucoup plus spécial. Elle baissa les yeux et avant qu'elle ne réalise il la prit sur son épaule et courut dans la chambre.

- Theron !

- Tu marches trop lentement, Bébé. Je veux te baiser tout de suite !

Elle rit et elle atterrit dans un enchevêtrement de draps. Il n'eut pas le temps de se redresser avant qu'il ne soit sur elle, une main de chaque côté de sa tête.

- Je t'aime, Tally.

Elle en eut le souffle coupé et son cœur se mit à battre douloureusement fort dans ses oreilles.

- Tu es sûr ? Déjà ?

Il hocha la tête.

- Je ne veux pas t'entendre dire les mots si tu ne ressens pas l'émotion. Mais je voulais que tu saches. Je t'ai dans la peau, tu coules dans mon sang et tu as fait de moi un toxico. Je ne peux pas vivre sans toi. Je ne veux pas.

Elle cligna des yeux pour retenir ses larmes. Elle ne pensait pas que Theron était capable de dire de telles choses.

- Je ne sais pas quoi dire.

- Ne dis rien, mon amour. Il l'embrassa. Tu es là. C'est tout ce dont j'ai besoin.

Elle hocha la tête et l'embrassa. La relation entre eux avait grandi. Un autre brin venait de s'ajouter au lien qui les unissait. Quand il lui fit l'amour ce jour-là, elle le sentit au plus profond de son cœur. Dans des zones qu'elle pensait inexplorées jusque-là.

DIX

Tally se mordit la lèvre. C'était chiant d'être nerveuse. Mais elle ne savait pas comment s'empêcher de montrer qu'elle l'était. Theron la conduisit vers un ensemble de maisons dans une zone boisée. C'était tard dans la journée. La lumière du soleil commençait à disparaître derrière les arbres épais. Elle aurait juré qu'il était plus près de la nuit que du début de la soirée.

- Theron...

- Détends-toi, ma chérie. Il ne faut pas avoir peur.

- Je n'ai pas peur.

C'était assez vrai. Elle était juste nerveuse. Rencontrer des gens avait un effet négatif sur elle. Elle avait tendance à être sarcastique et très souvent, ses nerfs la rendaient trop bavarde.

- Je suis juste flippée de rencontrer de nouvelles

personnes, c'est tout.

- Ne t'inquiète pas, mon amour. Nous serons tous les deux avec toi.

Super. Le fait que ses deux hommes, leaders de la meute en plus, soient là pour la surveiller ne la réconfortait pas du tout.

- Où est Connor ? demanda-t-elle juste au moment où ils arrivaient au centre d'un groupe de personnes.

Elle s'arrêta net en chemin.

Un grand nombre de paires d'yeux jaune brillant la fixaient. Son instinct lui dit de reculer. Pour échapper au danger. Mais quelque chose de nouveau et d'en colère se mit à rugir en elle. Une émotion dont elle ne se savait pas capable déploya ses ailes et prit possession de chacune de ses cellules. La domination.

Elle redressa ses épaules et continua d'avancer. Plus du tout concernée par ce que les gens pourraient penser, elle s'inquiétait désormais de ce que Connor et Theron penseraient d'elle.

- Merci à vous tous d'être venus ce soir, dit Connor en guise de salut. Sa voix était basse, et elle se demandait comment elle pouvait l'entendre de si loin.

- Nous voulons rencontrer votre nouvelle compagne, déclara une femme. Elle était grande. Beaucoup plus grande et plus mince que Tally. Avec une belle peau de porcelaine et de riches cheveux auburn. La femme ne sourit pas. Elle observa Tally avec intérêt. « Je m'appelle Aura. Et toi ? »

Tally ouvrit la bouche mais Theron répondit pour elle.

- Elle s'appelle Talia ou Tally, dit Theron à Aura.

Une autre femme, encerclée par trois autres, s'avança. Elle avait la peau brun chocolat et les cheveux courts et frisés. Ses yeux en forme d'amande foudroyaient Tally.

- Elle ne semble pas être de la trempe d'une compagne Alpha.

Theron grogna doucement. Tally reçut comme un coup de fouet en jetant un coup d'œil de côté et en voyant son visage à demi métamorphosé et sa posture menaçante.

- Tu as un problème avec le choix de notre compagne, Keya ?

La femme nommée Keya continuait à fixer Tally de manière hostile. Ses yeux s'illuminèrent sous l'influence de son animal.

- Peut-être. Tu connais les règles, Theron.

Keya fit un pas en avant. Les autres femmes suivirent derrière elle. « Elle pourrait être défiée. »

- Pourquoi le serait-elle ? Gronda Theron. C'est elle qu'on a choisie. Ce n'est pas à débattre.

Les entrailles de Tally brûlaient de colère. Elle n'avait jamais été une personne tournée vers les autres, et les regards meurtriers de Keya ne l'aidaient pas à lui donner envie de l'aimer. La fureur bouillonnait dans son sang, devenant de plus en plus chaude et explosive à mesure que Theron et Keya s'engageaient dans une joute oratoire. Ses muscles la brûlaient. Elle clignait des yeux sur le groupe pour y voir clair, mais c'était difficile. Sa vision se brouillait toutes les dix secondes. C'était comme si ses pupilles se dilataient et essayaient de refaire le point continuellement.

- Elle a l'air d'une mauviette, cracha Keya. Elle avança encore de quelques pas pour se retrouver au centre de la clairière. Les gens reculèrent pour lui laisser de l'espace. La foule était calme.

Tally jeta un coup d'œil vers Connor. Elle tendit l'oreille pour comprendre ce qu'il essayait de lui dire silencieusement. Puis, elle l'entendit. Comme un appel lointain dans son esprit.

- Qu'est-ce que tu veux exactement, Keya ? Tu n'as jamais été un choix potentiel pour nous deux. La voix de Theron semblait résonner sous l'eau.

- Je réclame un défi pour la troisième place Alpha. Maintenant, dit-elle, sa voix devenait plus grave à mesure que la métamorphose s'opérait.

- Talia n'est pas prête pour un défi, déclara Theron.

- Dommage. Tu es un mâle Alpha. Tu connais nos règles. Elle accepte ou elle part et je prends sa place, déclara Keya.

Theron grogna à côté de Tally. Elle jurait pouvoir comprendre son grognement alors que c'était de la folie pure.

Puis elle entendit à nouveau l'appel dans son cerveau. Elle se dirigea vers la femme, ignorant Theron et s'arrêta devant elle.

- Ils ne veulent pas de toi. Tu ne comprends pas l'anglais ?

La métamorphe ricana et la colère nouvelle et inhabituelle de Tally explosa. Elle gifla l'autre femme violemment. Tellement vite qu'elle n'en aurait pas cru ses yeux si elle n'avait pas entendu l'exclamation de la foule résonner autour d'eux.

- C'est comme si t'étais morte, gronda Keya en plantant une griffe dans le bras de Tally.

Le feu se propagea à travers son épaule et du sang coula jusqu'à son coude.

- Assez ! ordonna la voix de Theron.

- Laisse-les se battre, Theron, ordonna Connor. Tu

connais nos règles. Nous ne pouvons pas les briser pour quiconque. Surtout pour notre propre compagne. Elle s'en sortira.

Tally sourit presque en entendant l'immense conviction dans la voix de Connor. Elle pouvait à peine voir à un mètre et elle avait l'impression d'être en flammes.

La brûlure dans ses membres augmenta. Keya la poussa fort. Elle trébucha en arrière et perdit pied. Elle se retourna dans l'air en une seconde et atterrit à quatre pattes.

- Regardez-la. Comment pourriez-vous vouloir d'elle alors qu'elle ne peut même pas se défendre avec son corps humain ? Pensez-vous qu'elle va survivre à l'attaque de ma louve ?

La voix de Keya était devenue tellement rocailleuse qu'il était impossible de distinguer ses mots.

- On va voir ça tout de suite.

Tally oublia tout de Keya et de son animal. Elle se concentrait sur la douleur et le feu qui se propageait dans ses muscles.

- Que fait-elle ? demanda quelqu'un.

- Elle souffre, entendit-elle dire Aura. Elle a besoin d'aide. Elle est notre nouvelle Alpha.

- Pas d'intervention, ordonna Connor. Tally va s'en

sortir.

Tally voulait lui crier de fermer sa gueule et de venir l'aider. Si seulement elle pouvait comprendre ce qui n'allait pas. Elle avait perdu le contrôle de son corps. Ses muscles tremblaient et brûlaient. Le son de quelque chose qui craque arriva de si près qu'elle craignit que Keya ne l'ait attaquée et qu'elle soit partie trop loin mentalement, pour le remarquer. Connor était la dernière personne dont elle aurait pensé qu'il la laisserait souffrir. Ce gros crétin.

Elle prit le contrôle de sa colère et la laissa grandir. Celle-ci se développa. Quelque chose la chatouilla sous la peau, poussant vers l'extérieur. Puis un grand grognement lui arracha la gorge.

- Elle s'est…

- Métamorphosée, dit Theron avec fierté.

Le fait qu'elle soit à quatre pattes et dans un corps de louve devrait attendre une explication à un autre moment. La grande louve brune de Keya chargea Tally. Keya était rapide. Elle zooma droit sur elle, toutes canines dehors. Mais Tally ne laisserait personne, homme, femme ou loup, l'agresser d'une manière ou d'une autre.

Elle attendit la dernière seconde, sauta sur la droite et se retourna puis donna un méchant coup à la louve de Keya, avec ses nouvelles pattes arrières. Cela semblait fonctionner. Quand elle se retourna, elle vit l'animal de Keya glisser sur la clairière poussiéreuse.

Tu penses que tu peux me battre ? Keya parlait à travers une sorte de lien animal.

Je n'essaie pas de te battre. Tu es celle qui ne comprend pas que Connor et Theron ne veulent pas de toi. Pourquoi tu ne t'arrêtes pas ? Ça ne doit pas se passer comme ça.

Non. Elle grogna et fit à nouveau un bond vers Tally. Cette fois-ci, elle réussit à planter une griffe dans son flanc.

Putain ! La douleur envahit son côté, enflammant la fureur qui l'avait poussée à se métamorphoser.

La louve en elle voulait prendre le contrôle. Il n'y avait pas d'autre moyen. Tally permit à la bête de se libérer.

C'était comme regarder un film. Elle faisait des choses mais ne contrôlait plus rien. La louve de Tally était en colère, blessant et ne voulant pas donner une autre chance de reculer à Keya. Elle n'essaya pas de repousser l'autre louve. Elle fondit droit sur elle. Keya semblait choquée et fut surprise quand Tally lui griffa le museau et saisit une de ses pattes dans sa gueule. Elle croqua dessus en cassant quelque chose dans la manœuvre.

Keya lui rendit ses coups de griffes. Elle donna des coups de pattes et se battit pour repousser Tally. Celle-ci planta ses griffes dans le flanc de Keya. Puis elle lui mordit la queue et la tira en arrière.

Keya hurla de douleur. Une autre série de halètements parcourut la clairière. L'animal de Tally était déterminé à se venger. Elle ne quitta pas des yeux l'autre louve qui essayait de se mouvoir avec une patte cassée. Elle lui sauta sur le dos et mordit son cou là où son animal savait qu'elle devait le faire. Keya n'était plus en contrôle. Tally, la louve la plus forte, serra sa mâchoire sur le cou de Keya, la louve la plus bruyante, qui hurla.

La mort et le meurtre n'étaient pas en Tally. Elle pouvait être une garce, amère et en colère, mais elle n'était pas prête à prendre la vie de quelqu'un.

Laisse-la partir, Tally, murmura doucement Theron dans son esprit.

Tu n'es pas obligée de faire ce que tu ne souhaites pas, ajouta Connor.

Tally lâcha la louve blessée et recula jusqu'à ce qu'elle soit aux côtés de Theron et de Connor. La louve à l'intérieur d'elle se retira alors et son corps humain reprit le contrôle. Ses membres se transformèrent. Connor et Theron l'aidèrent à se tenir debout devant la foule.

Connor passa une couverture sur ses épaules.

- Désolé pour tes vêtements, mon amour. Mais cela

arrive quand on se métamorphose. Tout se déchire.

Elle hocha la tête. Sa gorge était sèche et elle avait besoin d'un bon bain. Un très long bain chaud.

- Voici notre tiers, dit Theron, d'une voix ferme. La prochaine personne qui veut la défier devra voir ça directement avec moi.

Aura s'avança.

- Il n'y a pas besoin de défi. Nous n'avons jamais vu un humain prendre le dessus sur un loup de manière aussi rapide et agressive. Elle est clairement la bonne personne pour vous aider à diriger la meute.

Tally se racla la gorge. Keya fut tirée hors du site, toujours dans son corps de loup. Tally n'avait jamais imaginé ne pas être aimée juste par manque d'agressivité. Dans sa vie humaine, elle était trop agressive et autoritaire. Sa vie avait changé pour quelque chose de si différent qu'elle se demandait si elle arriverait à tout comprendre.

La foule les regarda, elle et ses hommes. Puis ils déchirèrent leurs vêtements et se métamorphosèrent tous. Le grand nombre de loups l'aurait effrayée auparavant mais là, elle était juste curieuse.

- Que font-ils ? demanda-t-elle.

Les loups se rassemblèrent les uns contre les autres et abaissèrent leurs museaux à ses pieds. Une fois qu'ils eurent tous fini, ils se précipitèrent dans les bois.

- Ils t'ont montré leur loyauté. Pour qu'un loup baisse la tête, il faut qu'il te considère comme le plus fort. Tu es leur Alpha maintenant.

Il lui fallut un moment pour comprendre l'étendue de ses paroles. Elle secoua la tête et décida qu'elle avait bien trop à faire avant d'y songer vraiment.

- Amenez-moi vers une douche. Elle plissa le nez. « J'ai mal et je pue. »

- Pas de problème, beauté. Après cette performance, tu mérites tout ce que tu veux, dit Connor avec un clin d'œil.

- Regarde-toi, toute assoiffée de sang. Qui aurait pensé que tu avais ça en toi ?

Elle éclata de rire.

* * *

Tally s'allongea sur la couverture de pique-nique et regarda le coucher de soleil à l'horizon. Theron était couché d'un côté d'elle et Connor de l'autre. Au cours des dernières semaines, ils lui avaient donné exactement ce qu'elle avait demandé et tout ce qu'ils voulaient eux, c'était elle. Rien qu'elle. C'était le moment.

- Je t'aime, dit-elle, en regardant toujours le soleil

couchant.

Ils se redressèrent si vite qu'elle retint un rire.

- Qui ? Qui aimes-tu ? demanda Theron.

- Dis-nous, s'il te plait. La supplique de Connor lui déchira le cœur. Elle n'aurait pas dû attendre si longtemps. Ils l'avaient considérée comme leur femme le tout premier jour et elle avait eu trop peur de s'abandonner et de prendre ce qu'ils offraient gratuitement.

- Tous les deux. Elle jeta un coup d'œil à Theron et passa ses lèvres sur les siennes. Je t'aime, Theron. Toi et ton sens de l'humour décalé et tes cunnilingus incroyables.

- Je t'aime, Tally. Il l'embrassa.

Elle se tourna pour faire face à Connor.

- Je t'aime, Connor. Ton habilité à lire au fond de mon cœur et à m'aider à voir un côté de ma personne dont j'ignorais l'existence est inestimable. Tes préoccupations concernant mes sentiments et ton attachement sont incomparables.

- Je t'aime, belle Tally, murmura Connor et il l'embrassa doucement.

- Vous m'avez tous les deux donné ce que je n'imaginais même pas vouloir. Deux hommes pour me combler.

Ils se penchèrent vers elle, Theron pris son visage entre ses mains pour l'embrasser sur la bouche et Connor glissa ses mains sous son débardeur. Elle avait toujours plaisanté sur le fait qu'une femme avait besoin de deux hommes pour la rendre heureuse. Dans son cas, c'était la vérité absolue. Deux hommes incroyables, rugissants et possessifs pour faire naître la louve Alpha en elle.

EPILOGUE

- Je voulais juste encore vous remercier, sourit Tally.

Gerri n'aurait pas pu être plus heureuse. Quelque chose lui avait dit que ce serait parfait avec Theron et Connor. Son instinct ne l'avait jamais trompée.

- Avec plaisir ma chère. Je n'ai qu'une envie, c'est vous voir heureux tous les trois, dit-elle sincèrement.

Tally sourit aux deux hommes en face d'elle.

- Nous le sommes. Nous sommes très heureux. Et je vous dois tout.

- Merci tante Gerri, dit Theron. On se voit la semaine prochaine pour dîner.

Elle leur fit signe de partir de la main, en souriant. Une seconde plus tard, son portable sonnait.

- Agence de rencontres paranormales, que puis-je faire pour vous ? dit Gerri en souriant, son portable professionnel en mains.

- Bonjour, c'est madame Wilder ? demanda une femme avec hésitation.

- Oui, c'est moi. Et vous êtes… ?

Elle jeta un coup d'œil au dossier ouvert sur son bureau. Un ours turbulent qui ne voulait pas d'une compagne mais dont la sœur était catégorique sur le fait qu'il lui en fallait une. Le nom que la sœur avait fourni comme suggestion était une autre paire de manche. Une humaine. Une qu'elle avait récemment rencontrée grâce à sa voisine.

- C'est Nita, la cousine de Tally. Elle m'a donné votre carte et a dit que vous pourriez, heu... que je pourrais utiliser vos services.

Gerri sourit. Les merveilles ne cesseraient-elles jamais ? C'était parfait. Un plan se forma dans son esprit.

- Elle m'a parlé de toi, Nita. Elle a dit que tu étais du genre un peu fofolle comme femme.

Nita se mit à rire doucement.

- Ouais, c'est bien mon genre. Donc, ça m'intéresse de voir avec qui vous pourriez m'acoquiner.

- Je pense que je peux t'aider. Gerri prit l'adresse de son client ours qui ne se doutait de rien. « Dis-moi, tu aimes les escapades en montagne ? »

- Oui, mais je cherchais à sortir avec quelqu'un.

Gerri prit un stylo et nota quelque chose.

- Justement, c'est pour un rendez-vous. Il faudra que tu roules un peu loin car mon client est en dehors de la ville, mais je sais qu'il va adorer rencontrer quelqu'un d'aussi foufou que lui.

- Oh, c'est super ! J'ai trop hâte d'essayer.

- Excellent. Viens me voir. J'ai tout ce dont tu as besoin.

Gerri raccrocha avec un sourire. Cet ours n'avait aucune idée de ce qui l'attendait. Là encore, l'humaine non plus. Ce serait bien amusant.

FIN

À PROPOS DE L'AUTEUR

Milly Taiden, auteur à succès du New York Times et USA Today.

Salut ! Je suis Milly Taiden. J'adore écrire des histoires sexy mettant en scène des héroïnes amusantes, effrontées, aux formes généreuses avec des mâles alpha velus et qui grognent. Mes livres sont un super moyen d'assouvir vos envies de romance contemporaine ou paranormale avec de l'action, de l'humour, du suspense et où l'on vit heureux jusqu'à la fin des temps.

Je vis en Floride avec mon mari, nos garçons et nos enfants à pelage Speedy, Stormy et notre petit dernier,

Teddy. Je suis sérieusement accro au chocolat et aux gâteaux.

J'aime rencontrer de nouveaux lecteurs, alors inscrivez-vous à ma newsletter et consultez ma page Facebook. Il y a toujours des choses amusantes qui s'y passent.

INSCRIVEZ-VOUS À LA NEWSLETTER DE MILLY POUR RECEVOIR LES DERNIERES NOUVELLES !

http://eepurl.com/pt9q1

Pour en savoir plus sur Milly Taiden :

Email: millytaiden@gmail.com

Website: http://www.millytaiden.com

Facebook: http://www.facebook.com/millytaidenpage

Twitter: https://www.twitter.com/millytaiden

Si vous avez aimé ce livre merci de laisser un commentaire, même une ligne ou deux ; ça ferait toute la différence et j'apprécierais beaucoup.

Merci !

Printed by Amazon Italia Logistica S.r.l.
Torrazza Piemonte (TO), Italy

19206371R00092